Les Fantastiques

Kofi et les buveurs de vie

Jean-Pierre Andrevon

Illustrations de couverture
et d'intérieur :
Siro

MAGNARD JEUNESSE

Collection animée par Jack Chaboud

Loi n° 49-956 du 16-07-1949 sur les publications destinées à la jeunesse.

1
Lundi soir

« KOFI ! Hé, Kofi, tu m'attends ? »

Fabien dut répéter le prénom deux ou trois fois pour que Kofi glisse un coup d'œil oblique par-dessus son épaule. Mais ce ne fut pas pour autant qu'il rétrécit le compas de ses enjambées. Fabien dut presque courir pour rejoindre son camarade. Et, quand il l'eut rejoint, il n'avait plus un gramme de souffle. Aussi dut-il chercher ce qu'il lui fallait d'air au fond des poumons pour arriver à sortir une phrase.

« Dis donc, tu t'entraînes pour le cross ?

— Quel cross ? »

Kofi N'Dzana, son grand corps chaloupé par sa démarche élastique, venait de lui jeter un second regard de haut. Pour ça, il n'avait pas besoin d'échasses : Kofi mesurait bien vingt centimètres de plus que lui. Fabien secoua la tête. Apparemment, Kofi n'avait pas saisi sa tentative d' humour.

Les deux garçons cheminèrent côte à côte un bon moment, sans parler, s'éloignant du collège Charles-Darwin. L'avenue Jean-Jaurès s'étirait devant eux, triangle isocèle dont la pointe se noyait dans les brumes poisseuses du soir. La neige salie avait été repoussée sur les bas-côtés par les engins de la voierie, où travaillait précisément le père de Kofi, et y formait des monticules figés à la dureté de ciment. Sur la gauche, les terrains de sport désertés se calfeutraient derrière de hautes grilles. À droite, la vue était bouchée par le mur brut d'une fabrique de trucs en plastique quelconques, plus dépourvu de fenêtres que celui d'une prison. D'un bord à l'autre de l'horizon, scellé comme un couvercle de plomb, le ciel pesait sur la cité.

Après un mois de décembre d'une tiédeur maladive, l'hiver avait frappé sans crier gare juste une semaine après la rentrée de janvier. Une chute de température de douze ou treize degrés, deux jours ininterrompus de neige, la première de la saison – et l'hiver s'était imposé, qui change la nature des choses et des êtres. On ne flânait plus dans les rues, il avait fallu sortir des placards les pulls qui sentaient la naphtaline, la cité paraissait avoir triplé de volume, le silence minéralisait les quartiers d'ordinaire si bruyants…

Fabien souffla, un petit nuage de buée s'installa devant sa bouche avant de grêler sur sa figure en cristaux microscopiques. Cette sensation lui fit du bien. Longtemps, il avait souffert d'asthme, une maladie qui n'a l'air de rien mais vous donne périodiquement l'impression d'avoir la poitrine remplie de paille de fer. Dans ces moments-là, Fabien se sentait aussi impuissant qu'un poisson rouge qui a sauté hors de son bocal.

Heureusement, d'une année sur l'autre, les crises s'étaient espacées et avaient perdu de leur intensité, sans aller jusqu'à disparaître. En passant de la sixième à la cinquième, il était devenu – presque – un garçon normal qu'on ne traitait plus de « tubard ». Cela, il le devait aux plantes africaines données par un vieux savant qui avait été son ami avant de mourir. Mais c'était une autre histoire...[1]

« Tu viens aux répèt', demain ? Moi, je crois que ça pourra être chouette de présenter une vraie pièce avant les vacances... C'est pas ton avis ? »

À quelques centaines de mètres devant les deux garçons, les tours des Vignes, où habitait Fabien et, à leur droite, la barre des Acacias, où habitait Kofi, étaient apparues dans le décor de grisaille qui hésitait encore à sombrer dans la nuit. Kofi tourna la tête, la pencha – c'était la troisième fois – mais, pas plus que les deux premières, une phrase, un mot, un simple son ne franchit ses lèvres. Pour sûr, son copain (était-il originaire du Cameroun ? Ou de la Côte-d'Ivoire ? Fabien ne s'en souvenait jamais) n'était pas bavard.

« Et puis Khaled se donne du mal. S'agirait pas... »

Une pétarade lui coupa le sifflet, et les idées qui allaient avec. Farid, à cheval sur sa vieille mob, le visage enveloppé d'un keffieh, une écharpe jaune

1. *Le Parking mystérieux*, Éditions Magnard.

et rouge flottant dans le dos, venait de le frôler, lui envoyant une claque de vent glacé.

« Salut les *belus* ! » lança le vélomotoriste en levant le bras.

Il avait déjà pris dix mètres d'avance alors que Fabien cherchait encore une réponse. Et Kofi ne lui présentait plus que son profil, le menton rentré dans sa doudoune, son bonnet de laine verdâtre enfoncé jusqu'aux sourcils. Décidément, la conversation, c'était pas la gloire… Fabien fit une dernière tentative devant le parking Salvador-Allende, zone frontière après laquelle il continuerait tout droit pour grimper dans sa tour tandis que Kofi obliquerait à droite pour gagner les Lilas.

« Si t'as le temps, tu peux monter chez moi… Ma mère, elle rentre jamais avant sept heures et demie. On pourrait surfer sur le Web. J'ai découvert des tas de sites sympas. Ça te dirait pas ? »

Un grand sourire triste ouvrit en deux le visage de Kofi, aussi noir que le cuir bien ciré d'une paire de bottes neuves.

« Le Web ? J'y comprends rien, *oim*. Et pis j'ai des choses à faire chez moi. Mes sœurs à m'occuper, le *voirdeu* de *theuma* pour demain, tout ça… »

Kofi haussa les épaules, referma son sourire, tourna le dos. Le bonnet vert flotta au-dessus des carapaces luisantes des bagnoles, puis la brume violette l'effaça. Fabien mit longtemps à décoller ses semelles du bitume. L'année d'avant encore, c'était à peine s'il connaissait Kofi, qui faisait partie d'une bande de grands qu'il préférait éviter. En sixième, son meilleur copain, ou plutôt le seul, c'était Rachid. Mais Rachid avait redoublé. Kofi aussi. Mais lui, il redoublait sa cinquième. Aussi, Fabien et Kofi s'étaient-ils retrouvés dans la même classe, et souvent au coude à coude sur le même bureau parce qu'en début d'année le prof de français, madame Juliet, avait ordonné :

« Le grand tout noir qui se cache là-bas au fond, viens donc t'asseoir au premier rang à côté du petit pâlot ! »

Depuis, Fabien avait un nouveau copain. Mais un copain fuyant comme une anguille, qui n'ouvrait pas souvent la bouche et qui était bien plus vieux que lui, quatorze ans, peut-être pas loin de quinze. Sans doute avait-il eu tort de l'appâter avec le Web. Ça devait faire prétentieux, gosse de riche, bourge… Il en était si fier, pourtant, du petit ordinateur et du modem qu'il avait eus pour Noël. Une folie ! Sa mère n'avait pas pu s'empêcher de le lui faire remarquer :

« J'espère que tu vas bien travailler, parce que je me suis saignée aux quatre veines pour t'acheter ça ! »

Saignée aux quatre veines... Cette expression lui avait fait un drôle d'effet. Cristelle employait souvent des expressions toutes faites, ce genre de clichés que madame Juliet pourchassait dans les copies. Là, elle avait sûrement exagéré : Fabien soupçonnait que le cadeau somptueux avait été payé, en partie au moins, par François, l'ami avec qui sa maman, divorcée, sortait depuis un an. François était généreux, il l'aimait bien. Ou alors il essayait seulement de l'apprivoiser...

Lorsqu'il eut traversé le parking, pris l'ascenseur poussif qui le conduisit jusqu'à son huitième, lorsqu'il eut pénétré dans l'appartement désert, allumé partout et terminé son parcours dans sa chambre, ce ne fut pourtant pas devant son ordinateur que Fabien s'installa. Il jeta un coup d'œil de routine à la photo de son père, qu'il avait conservée sur sa table de nuit envers et contre tout (tiens, encore un cliché !), en sachant bien qu'il ne le reverrait jamais, soupira, respira à fond, jeta son sac sur son lit, défit son blouson et vint coller son nez au carreau de la porte-fenêtre.

Il avait suffi de quelques minutes pour que la nuit soit là, étouffant le quartier dans ses plis. Vers la gauche, la barre des Lilas, énorme brique de deux cents mètres de longueur sur douze étages de haut, formait un muraille infranchissable piquetée d'innombrables lumière jaunes ou bleues. Est-ce qu'il pourrait repérer Kofi, traînaillant comme il en avait l'habitude avec l'un ou l'autre de ses copains plus anciens, au bas de sa montée, la 14 C ? Son nez s'écrasa un peu plus sur le verre froid où s'épaissit un cercle de buée. Mais c'était trop loin, il faisait trop sombre.

Fabien eut un mouvement pour manœuvrer la crémone, puis se ravisa. La voix de Cristelle venait de résonner dans sa tête : Ne prends pas froid, surtout ! À cette recommandation et autres sermons du même genre, il avait l'habitude de répondre en grognant : « Ça va, j'ai plus six ans ! » Mais il faisait quand même attention. Fils unique, de santé fragile, d'une famille « monoparentale » (il avait entendu cette expression jargonnante quelque part), il était tenu à l'œil par sa mère qui, travaillant à plein temps dans un salon de coiffure et réservant le plus clair de ses week-ends à son « ami », n'avait de toute façon guère l'occasion de le couver comme elle l'aurait voulu.

Tant mieux. Ou tant pis ? Fabien avait atteint un âge, douze ans, où il est difficile de démêler l'attachement au cocon et les aspirations à la liberté. Parfois, il enviait Kofi, Rachid, Farid, ceux qui avaient une mob ou qui sortaient comme ils voulaient, quand ils voulaient, pour zoner ou traficoter. Parfois… parfois il se disait que c'était chacun sa vie, et tabas.

De l'autre côté du parking, une lumière bleue scintilla, minuscule point syncopé qui semblait flotter dans le néant. Une voiture de flics, dont Fabien suivit la trace fantomatique jusqu'à ce qu'elle s'efface derrière le bloc cubique de l'usine d'incinération. La cité était plutôt tranquille même s'il arrivait que, sous le coup d'une rage subite, une bagnole brûle ou un abribus soit fracassé. Quand même, depuis quelque temps, il semblait bien que ce qu'on appelait dans les médias la « présence policière » se fût intensifiée. Mais ce n'était pas ses oignons.

Fabien se décolla de la vitre. Il allait se mettre à quoi ? La télé ? Bof. Ses devoirs ? bof, bof… Il choisit le Web – un choix qui n'avait que trop tardé. Sa mère ne serait pas à la maison avant deux heures, ça lui laissait le temps de surfer.

Assis devant la machine merveilleuse, il composa l'indicatif d'un des sites de la NASA. La conquête de l'espace, l'univers sans limite, les étoiles… ah, les étoiles !

Kofi ne fit qu'un bref aller-retour chez lui.

Chez lui, ce n'était qu'un deux-pièces qui se composait de la chambre de ses parents et de celle qu'il devait partager avec ses trois sœurs, Nafissa, onze ans, Bernadette, neuf, et Victoria, cinq. Des trois, seule l'aînée, penchée sur un bout de table dans leur chambre commune, écrivait sur une feuille de cahier en tirant la langue. Les deux petites se tenaient serrées devant la télé, reléguées dans la cuisine encombrée. Elles regardaient un feuilleton américain sur la 6. Même si Kofi avait vraiment eu l'intention de « s'occuper » de ses sœurs, il lui aurait été difficile de les tirer de leur téléfilm. Leur mère, Nossia, était elle-même assise devant le poste, dont elle fixait l'écran d'un regard hypnotisé en mangeant des cacahuètes qu'elle tirait une à une d'un panier avant d'en fragmenter les cosses dans les replis de son boubou bleu roi.

Kofi se débarrassa de son sac, alla se planter devant le miroir de la salle de bains où pendait du linge, retira son bonnet, passa ses mains préalablement mouillées dans ses cheveux noués pour tenter de les lisser en arrière, ainsi qu'il s'y appliquait dix fois par jour.

Il n'avait plus qu'à ressortir – ce qu'il aurait fait de toute façon même si son père avait été à la maison. Mais, en son absence, il évitait les explications, l'engueulade et, si ça se trouvait, les coups. C'était toujours autant de gagné. Il claqua la porte, sans se demander si sa mère et ses frangines, perdues dans le monde de l'écran, avaient ou non enregistré son bref passage. La famille N'Dzana habitait au quatrième. Kofi dégringola les escaliers. Il n'avait jamais la patience d'attendre l'ascenseur. Dehors, il dut raser l'interminable rez-de-chaussée de la barre des Lilas, plus familièrement appelée la *reba* des Lali, pour gagner l'angle nord-est, celui « de derrière ».

C'est là qu'il avait rendez-vous avec ses copains.

Il faillit leur rentrer dedans. Les deux garçons se tenaient dans l'ombre, appuyés au mur et serrés l'un contre l'autre, détectables seulement par la fumée de leur cigarette.

« Le *lavoi*, l'aut' *Keubla* !

— T'es en *tareu* grave, *keume*… on a failli se *séca* ! »

Ludo et Merzouk, le premier noir comme Kofi – à part que ses parents venaient de l'ex-Zaïre –, le second déjà aussi enrobé à treize ans qu'un buveur de bière de cinquante, se détachèrent de leur mur pour envoyer quelques « ouaches » dans les côtes et la nuque du nouvel arrivant. Les coups de bienvenue s'arrêtèrent quand Kofi se résolut à les rendre.

Après quoi les trois copains s'éloignèrent, Ludo rythmant sa marche d'un rap créé par un groupe de la cité, Les Géants du King Part – autrement dit les Anges du Parking :

6-T, ma 6-T, je te dis cimer pour la prof'
qui m'a j'té, Ah 6-T, ma 6-T…
Je te dis cimer pour l' keuf qui m'a serré,
le batbou enhouapé…

Ensuite, les paroles se diluaient dans une suite d'onomatopées. Merzouk rigolait, Kofi, à son habitude, ne disait rien. Il fallut un petit quart d'heure à la bande pour gagner leur repaire, une sorte de guérite en tôle cachée dans l'angle d'un chantier abandonné. La porte en était défendue par un cadenas de moto dont la clé passait de main en main. Ludo, qui en était le dernier possesseur, prit des précautions exagérées avant d'ouvrir, roulant des yeux de tous côtés, comme un *toon* éberlué qui craint le Grand Méchant Monstre. Merzouk perdait patience.

« Mais qu'est-ce que tu fous ? *Cheupé* ! On caille, ici…

— Scuzmi, mais tu vois, c'est rapport aux nouveaux keufs. On a pas intérêt à se faire *pécho*, parce qu'avec eux t'es mort, mon frère. T'es mort ! »

Merzouk haussa les épaules, la porte s'ouvrit enfin, resta entrebâillée le temps que Ludo allume une bougie, à quoi se réduisait l'éclairage de la planque. Tous se serrèrent, assis sur des cartons, autour du bidon qui servait de table. Les petites flammes jaunes donnaient une illusion de chaleur dans le froid intense, de nouvelles cigarettes sortirent du paquet de Merzouk. Kofi en accepta une pour se donner une contenance, aspira une bouffée qui le fit tousser, puis laissa le tabac se consumer dans le vide. La bière, par contre, dont la planque contenait une réserve, il aimait bien.

Le silence dura plusieurs minutes.

Ludo paraissait guetter des bruits qui auraient pu venir de l'extérieur mais que personne n'entendait. Enfin il tendit la bougie vers le fond du réduit. Sa flamme vacillante éclaira le trésor de guerre du jour : deux vélos en piteux état appuyés à la paroi rouillée.

« Où tu les as eus ? demanda Merzouk qui, sans attendre la réponse, évidente, ajouta :

— C'est même pas des VTT. C'est des vélos de ninche. On en tirera pas beaucoup de thunes…

— Mais si. Faut les rebricoler, c'est tout. Le

problème, c'est les nouveaux schmidt. Ceux-là, c'est redu pour pas qu'ils t'agrafent. »

La tête de Ludo s'agita. Enfouie dans son capuchon, sa figure était invisible à part la double étincelle orange que la flamme des bougies incrustait dans ses iris. Kofi froissa sa boîte de bière dans sa large main et intervint pour la première fois.

« Qu'est-ce que c'est, cette histoire de nouveaux keufs ?

— T'es grave, toi ! Tu sais rien ? Y'a une nouvelle équipe, dans la cité. Des terribles. Des vipères. Pour nettoyer la *caillera*, il paraît. S'ils te serrent, ils te cassent la tête ! »

Écarquillés, les yeux de Ludo étaient devenus deux petits phares rouges semblables aux pupilles des Jawas de *La Guerre des étoiles*.

« Et tu les as vus, toi, ces vipères?

— Tu me fais *goleri* ! Si tu les vois t'es mort, je te dis ! Personne les a vus !

— T'es un bouffon, toi. Personne les a vus ? Alors comment tu sais qu'ils existent ?

— Comment je sais ? Écoute ! »

La main de Ludo venait de se refermer sur le poignet de Kofi. La brusquerie du geste souffla la bougie. Plongée dans l'obscurité, la baraque de tôle ne fut plus qu'un bloc de glace noire où s'élevait la respiration sifflante des trois ados. Quelque part à l'extérieur, un bruit enfla, un ronronnement feutré qui semblait s'approcher… Une voiture ?

« Qu'est-ce qui te prend ? Lâche-moi ! éructa Kofi qui sentit sans qu'il l'eût voulu sa voix se fêler.

— Ferme-la… lâcha Ludo dans un souffle. C'est eux, je te dis. »

Là-bas, quelque part dans la nuit glacée, le ronronnement monta d'un nouveau cran avant de s'éteindre d'un coup. Il fallut à Kofi, qui regrettait maintenant de s'être dégagé de la main de Ludo, de bien longues secondes avant qu'il puisse remuer. En sentant des os et des nerfs craquer quelque part dans ses membres, il se leva.

« Je vais voir, moi… »

Sans écouter les protestations, il poussa la porte qui s'ouvrit largement dans un gémissement de ferraille qui devait s'entendre à des kilomètres. Le froid s'abattit sur Kofi comme une gifle. Un épais nuage de fumée s'envola de sa bouche avec le soupir qu'il laissa fuser. À l'extérieur, aussi loin que son regard pouvait porter dans le labyrinthe noir et gris qu'éclairait la couverture de nuages au ventre rosi par les lumières de la ville, rien ne bougeait, rien d'anormal n'était visible. S'il y avait eu une voiture, elle n'avait fait que passer.

« Alors… Qu'est-ce qu'il y a ? Tu *chouffes* quelque chose ? » firent dans son dos les voix mêlées des deux autres.

« Y'a *inri* ! » grogna Kofi en haussant les épaules.

Il fallut que Ludo et Merzouk viennent se coller dans son dos pour être convaincus. Les trois garçons évoquèrent encore quelques coups fumants, blousons ou caisses, plus fantasmés que réels, mais le charme était rompu, l'élan de la soirée cassé. Ludo donna le signal de fin de réunion en déclarant qu'il rentrait chez lui.

« Je vais rester encore un peu, souffla Merzouk. Chez *oim*, y'a personne, alors… File-moi la clé, Zouk. »

Ludo et Kofi, épaule contre épaule, s'éloignèrent dans la neige cassante qui craquait sous leurs semelles. Au bout d'une dizaine de pas, ils se retournèrent pour voir, par l'étroite meurtrière de la porte entrouverte, la flamme de la bougie scintiller au seul profit du pauvre Merzouk. Puis Ludo partit vers la gauche, vers les Granges, où il habitait. Kofi se retrouva seul.

Au bout de quelques centaines de mètres, il s'aperçut qu'il courait. *Arrête ton cirque* ! grogna-t-il pour lui-même. Mais ses jambes l'entendaient autrement et, après moins de dix mètres, il recommença à courir. Entre les façades obscures des bâtiments abandonnés ou endormis entre lesquels il avançait, l'écho précipité de ses pas se répercutait, grêlait autour de lui.

Ses pas ou... ceux de quelqu'un qui l'aurait suivi ?

Kofi ne s'arrêta, à bout de souffle, qu'à l'angle de la barre des Lilas. Là, il compta intérieurement : *un... deux... trois*, puis il se retourna brusquement. Un sourire indécis se forma sur ses lèvres. Il n'y avait personne, derrière lui. Personne ne l'avait suivi, aucun keuf spectral né de l'imagination de ses potes.

« Bouffons... » fit-il tout haut.

Il n'avait plus qu'à rentrer chez lui, où ce n'était pas un fantôme qui l'attendait, mais le regard féroce de son père.

2
Mardi soir

LA maison de quartier baignait dans une épaisse soupe brouillasseuse lorsque Fabien y pénétra. Il s'en était aperçu bien avant de pousser le seul battant vitré intact. Les trois autres, étoilés par des jets de pierres, avaient été sommairement rafistolés avec des croisillons de ruban adhésif...

Une fois dans la place, Fabien aspira avec précaution. La grande salle paraissait engluée d'un brouillard presque solide qui ne tenait pas tant à la fumée des cigarettes qu'à la vapeur née du choc entre le froid extérieur et le chauffage poussé au maximum. L'air, saturé de poussière en suspension, pénétra dans ses bronches sans y semer des épines. Décidément, il allait mieux – de mieux en mieux : son asthme, il l'espérait avec ardeur, serait bientôt à ranger parmi les mauvais souvenirs d'une petite enfance qui s'éloignait, même si le mouvement n'était pas aussi rapide qu'il aurait voulu.

La salle de répétitions – en réalité un espace polyvalent réservé les mercredis, samedis et dimanches après-midi au volley ou au basket – bruissait d'un mélange bizarre de monologues, de cris, d'une musique méditerranéenne enregistrée et de chocs sourds qui résonnaient sous le haut plafond de béton barré de traverses métalliques. Ces chocs venaient du heurt répété des talons heurtant le plancher de l'estrade improvisée qui servait de scène.

« Plus fort ! Plus fort ! En cadence ! » hurlait Khaled.

Le metteur en scène s'interrompit pour lancer un regard noir à Fabien, lui désignant de l'index le fond de l'estrade. D'accord, d'accord, il était en retard… Pour l'importance que ça avait ! Il n'avait pas un rôle à proprement parler, il faisait seulement de la figuration – la « foule », comme on disait. Une participation modeste à laquelle, pourtant, Fabien tenait.

Il quitta blouson, gants, écharpe, grimpa sur la scène. Rachid, Momo, Safira, Peggy étaient déjà là, les mâles en jogging, les filles en collants.

« Allez! Allez ! » cria Khaled en frappant dans ses mains.

Comme les autres, Fabien commença à sauter sur place, tentant de suivre la cadence imposée par la musique, une sorte de world rappé joué par un groupe kabyle, les Rhâ Djudju. C'était un truc que Khaled avait trouvé – faire sauter sa « foule » pendant une bonne partie du spectacle, comme si les figurants avaient fait du trampoline, afin de remplir la salle d'un bombardement sonore quasi ininterrompu. Son but, selon l'expression qu'il employait, était de... heu... « faire jaillir l'énergie ». En attendant, c'était crevant...

Fabien se permit une petite pause alors que deux nouveaux arrivants pénétraient dans la salle, deux grands Noirs qui auraient pu être frères, un qui rigolait, l'autre pas. Celui qui riait était Ludo, le second, Kofi.

« Comment voulez-vous qu'on arrive à quelque chose, si tout le monde n'en fait qu'à sa tête ! »

La réflexion de Khaled déclencha sans raison valable un rire généralisé. Khaled Serfaoui était un grand brun frisé de vingt-cinq ou trente ans. Son sacerdoce officiel était d'être animateur de MJC, le théâtre, sa passion. Ce n'était pas la première fois que Khaled s'improvisait metteur en scène. Mais, avec ce nouveau spectacle, qui devait être prêt pour juin et se jouer dans diverses salles communales jusqu'à la mi-juillet, l'animateur espérait « entrer dans la cour des grands » – une autre de ses expressions imagées, qu'il débitait à tout bout de champ.

Le Dernier Cercle – titre provisoire – était une adaptation sauvage de la pièce d'Albert Camus, *L'État de siège*, elle-même tirée de son roman le plus célèbre, *La Peste*. Dans l'adaptation de Khaled, la ville d'Oran, assiégée par l'épidémie et les rats, devenait une cité très semblable à celle qui abritait les Lilas, cernée par des forces aussi obscures que maléfiques représentant le chômage, l'exclusion, le racisme, le capitalisme…

« Allez, allez… on reprend ! »

Le metteur en scène, qui avait attendu que Ludo et Kofi s'intègrent à la maigre troupe des figurants, recommença à taper dans ses mains. C'est alors qu'apparut, venant des coulisses (un simple rideau qui pendait d'une des poutrelles du plafond et partageait la scène en deux), la vedette féminine de la pièce. Fabien, qui avait en vain tenté d'attirer l'attention de Kofi, se pétrifia sur place, avala sa salive, manqua étouffer.

Avec ses cheveux nattés, ses lèvres marron, son blouson doré et ses bottines écarlates – une tenue de scène qui ressemblait fort à sa tenue de ville habituelle, Chafia avait fière allure. Pour tout dire, elle assurait, et son entrée fut saluée par les sifflets de rigueur.

Chafia habitait la même tour que Fabien, la même montée, l'étage juste en dessous de chez lui. C'était une belle fille pleine de gouaille, qui devait avoir deux ans de plus que lui (il était décidément le plus jeune partout) et qui, si elle ne snobait pas véritablement son voisin du dessus, avait plus tendance à lui lancer des vannes qu'à lui faire les yeux doux.

Pourtant Fabien était... heu... eh bien oui, il

était amoureux de Chafia, et là était la raison principale de sa participation à la pièce. Mais, pour ce qui était des signes de reconnaissance espérés, il n'eut pas plus de succès avec elle qu'avec Kofi. Chafia, Princesse Beurette dans la pièce, s'était campée mains sur les hanches au centre du plateau et débitait sa tirade principale...

« Ils ont des lames, des feux, des chiens, des tanks. Ils se sentent morts mais ils...

— Chafia ! hurla Khaled. Ils se sentent *forts* ! Pas morts, forts ! Tu me refais le même coup chaque fois...

— Ils sentent des pieds, ouais ! » lança un comique à qui la princesse répondit par une grimace et un geste inconvenant.

Bien entendu, les rires, toujours prompts à surgir, se déchaînèrent, aussi bien sur la scène qu'au parterre, où une dizaine de spectateurs collaient aux tréteaux, seconds rôles attendant leur tour, techniciens de l'éclairage ou du son et simples désœuvrés venus en curieux. Khaled leva au ciel bras et yeux.

« On est limite borderline, là. Tout le monde se tait, d'accord ? Et toi, Chafia, tu reprends. S'il te plaît.

— J'arrive pas à me sonquen... à me concentrer, chef. C'est la faute à Nordine qui est pas là. Je peux pas dire mon texte en face de personne... »

Le dénommé Nordine, Prince Vaillant dans *Le Dernier Cercle*, était un beau gars de dix-sept ou dix-huit ans et, pour cela, jeune premier de la pièce. Au seul énoncé de son prénom, Fabien se sentait des envies de mordre. Une réaction qui fleurait bon la jalousie, sentiment tout nouveau pour lui.

« Et qu'est-ce que tu veux que j'y fasse ? grommela Khaled en levant les bras pour la deuxième fois. Je vois bien qu'il est pas là ! Mais si par un heureux hasard quelqu'un parmi les derniers arrivants pouvait me dire ce qu'il fabrique... »

Des mouvements divers agitèrent la scène comme le parterre, suivis de chuchotements précipités.

« Si ça se trouve, il s'est fait *voira*, lui aussi...

La phrase, entre haut et bas, venait de Ludo. Mais tout le monde l'avait entendue.

Résultat, le silence tomba comme un couperet sur l'assistance. Sourcils froncés, sentant que quelque chose lui échappait, Khaled vint se planter devant Ludo.

« Il veut dire quoi, le *Renoi* ? »

Bien que le metteur en scène n'employât le verlan que de manière tout à fait exceptionnelle, il ne réussit pas, cette fois, à tirer de nouveaux rires de sa troupe.

Ludo, tête baissée, ses grands bras ballants, finit par répéter :

« C'est comme je te dis, Khal… Si ça se trouve, il s'est fait avoir, Nord… Il s'est fait serrer, quoi.

— J'avais saisi. Mais tu pourrais être plus précis ? Est-ce que je dois comprendre que ma tête d'affiche a fait des bêtises ?

— C'est pas ça, Khal. Mais dans la cité, depuis quelques *rejous*, y'a une équipe de *keufs*… enfin, de flics, qui jouent les terreurs. Avec eux, pas besoin d'avoir fait des *rineucos* pour qu'ils te cassent. On les voit que la nuit, c'est pour ça qu'on les voit pas ! »

Cette fois, quand même, deux ou trois rires aigrelets déridèrent autant de mines sombres et tendues. Et des langues se délièrent.

« C'est vrai, Khaled. Moi aussi j'en ai entendu parler. Même qu'ils auraient serré le frangin du neveu du gardien du parking de…

— Et mieux que ça ! Bobo aussi, il se serait fait destroyer. On l'a pas vu dans la *téci* depuis...

— Et le grand Larriga, alors...

— Y'en a des dizaines qui ont disparu. Tous ramassés par ces flics. C'est des spéciaux. Des ninjas. Des Saddam. Ils viennent de Paris. Si ça se trouve, ils viennent même d'Amérique... »

Fabien s'était décidé à profiter du désordre ambiant. Marchant en crabe, il réussit à se rapprocher de la vedette féminine qui boudait au bord de la scène en mâchant un chewing-gum. Prenant son courage à deux mains, il lança, sans pouvoir empêcher son regard de se détourner à la dernière seconde :

« Ils savent pas quoi inventer, tu crois pas ? Si Nordine n'est pas venu, c'est sûrement qu'il avait autre chose à faire... »

Sur ses joues encore froides du dehors, il sentit naître un double point de chaleur qu'il imagina aussitôt briller comme des feux rouges. Sa confusion s'accentua lorsque Chafia se pencha vers lui (parce qu'elle devait se pencher pour lui parler les yeux dans les yeux !) et prononça d'une voix traînante :

« Tiens ! tu étais là, *oit* ? Je t'avais pas vu... »

Tout ce que Fabien avait préparé – par exemple une phrase du genre : Puisqu'on est de la même montée, pourquoi on viendrait pas ensemble aux répèt' ? – s'évanouit instantanément de son esprit. Sur ses joues, les feux clignotèrent et s'éteignirent. D'ailleurs, l'attention était à nouveau fixée sur Khaled qui, les bras en croix, donnait de la voix.

« On se calme ! On se calme, j'ai dit... Vos histoires, c'est l'homme qui a vu l'homme qui a vu l'homme qui a vu l'ours qui a mangé le facteur. S'il y avait une nouvelle équipe de policiers dans le quartier, croyez-moi, j'en aurais entendu parler... Je vais appeler Nordine. Il a peut-être oublié. »

Presque toute la troupe s'agglutina autour de l'animateur, qui avait posé sur ses genoux un vieil appareil téléphonique dont le câble se perdait dans l'obscurité des coulisses. Les têtes se rapprochèrent jusqu'à se toucher tandis que Khaled maintenait l'écouteur plaqué à son oreille. Quand il raccrocha, la mine fermée, les exclamations recommencèrent à fuser.

« Tu l'as eu ?

— Tu l'as pas eu ?

— Tu l'as eu ou tu l'as pas eu ? »

Un comique, le même que tout à l'heure probablement, lança dans la foulée :

« C'est l'ours qui a répondu ! Il avait encore pas fini le facteur. »

La voix bien timbrée de Ludo vint rafraîchir l'ambiance survoltée.

— Il a eu personne, qu'est-ce que vous croyez ? Nord, y'a longtemps que son bigo, il est *pécou*.

— Mais non ! riposta Khaled avec un geste agacé. Il n'y a personne chez lui, c'est tout. Ils font quoi, ses parents ?

— Ses parents ? Rigolez pas… Sa mère, ça fait des mois qu'elle est à l'hosto. Son père… »

Le donneur de renseignements, un petit gros que tout le monde appelait Bobo eut un geste qui disait tout. Khaled secoua la tête.

« Bon. Eh ben, puisque de toute façon la répétition est mal barrée, je vais faire un saut chez Nordine. Toutes vos histoires, on va les tirer au clair. Qui vient avec moi ? »

Dans l'assistance, se firent comme on dit des mouvements divers : regards chafouins qui se cherchaient, têtes qui rentraient dans les cols, pieds qui se mettaient à shooter dans tout ce qui traînait à terre. Quelques voix bougonnèrent :

« Il habite loin…

— On sait pas où c'est…

— Son quartier, ça craint. »

Finalement, rompant ce manque général d'enthousiasme, deux grands bras se levèrent en parallèle : Ludo et Kofi.

« J'y vais aussi, fit Chafia en faisant claquer son chewing-gum. Je veux savoir si je suis devenue veuve, parole ! »

Cette réflexion eut au moins le mérite de faire renaître un rire général, auquel il manquait cependant celui de Fabien, qui marqua un temps d'hésitation avant de courir aux basques du quatuor en criant :

« Attendez-moi ! Je vous accompagne… »

Son volontariat intéressé n'eut pour résultat qu'une double humiliation supplémentaire : le sourire ironique de Chafia, et le coup d'œil soupçonneux de Khaled qui, par-dessus son épaule, le regarda comme s'il le voyait pour la première fois.

Nordine Chehili, le Prince Vaillant invisible, habitait effectivement à la périphérie de la cité, vers l'ouest, dans un quartier qui n'avait même pas de nom. À cet endroit, de rares habitations dispersées étaient posées sur la plaine figée, semblables à des boîtes à chaussures abandonnées, cabossées, criblées de fenêtres obscures. Dans ce décor où l'éclairage public brillait si l'on peut dire par son absence, Khaled roulait pleins phares.

« C'est là ! dit Chafia en lui secouant l'épaule. Je reconnais, j'y suis venue une fois… »

À nouveau la jalousie, cette méchante bête aux grandes dents, mordit Fabien à la poitrine. Il avait dû monter devant, à côté du conducteur, parce que Ludo et Kofi avaient colonisé la banquette arrière de la vieille Peugeot, serrant entre eux une Chafia rigolarde, qui savait fort bien défendre son espace à coups de coude.

Khaled s'était arrêté devant une montée décorée de graffitis au goudron qui, dans la lumière crue des phares, ressemblaient à de noirs serpents montant à l'assaut des murs lézardés. Les portières claquèrent avec une intensité particulière, qui fit prendre conscience à la petite troupe d'un phénomène insolite : le silence. Il n'était guère plus de sept heures du soir et, pourtant, pas un bruit de voix, de moteur, pas même les éclats criards d'un poste de télé ne venaient percer la nuit gelée. Où étaient les gens ? Fabien se souvint d'un film de science-fiction qu'il avait vu quand il était tout gosse et qui l'avait terriblement impressionné – un film où trois ou quatre personnes se retrouvaient dans une ville immense d'où toute la population avait mystérieusement disparu... Il frissonna, en se disant que c'était à cause du froid. La voix de Khaled brisa l'immobilisme qui s'éternisait.

« Allons-y ! On va quand même pas y passer la nuit... »

Ils s'enfoncèrent à la queue leu leu dans l'allée, Fabien bon dernier. La minuterie n'éclaira que la loupiote du premier, dont la troupe traversa au pas de charge la flaque pisseuse, Khaled raide comme un piquet, Ludo le visage enfoui dans son capuchon, Chafia grinçant des dents sur son chewing-gum, Kofi son bonnet vissé au ras des sourcils, Fabien lui collant au train. Nordine habitait au troisième.

« C'est l... »

La voyelle mourut dans la bouche de Princesse Beurette, tandis qu'une bulle fugitive éclatait silencieusement entre ses lèvres. La porte de l'appartement qu'elle désignait de l'index bâillait sur un intérieur obscur. Des regards interrogatifs passèrent d'un visage à l'autre. Puis Khaled lança d'une voix un peu hésitante :

« Il y a quelqu'un ? Nordine, tu es là ? »

C'était idiot, bien sûr. De toute évidence, il n'y avait personne. L'animateur, conscient de l'inutilité de ses appels, poussa presque aussitôt la porte qui, à bout de course, heurta le mur avec un craquement de noix écrasée. La pauvre lumière du palier dessina un rectangle jaune sur un carrelage sale. Khaled y posa le pied, sa main trouva l'interrupteur du hall, éclaira, poussa plus avant dans l'appartement. Les autres suivirent, marchant sur des œufs.

« Qu'est-ce qui a pu se passer, ici ? »

La question de Khaled demeura sans réponse. L'appartement où vivait Nordine et autrefois sa mère comptait deux chambres, une petite cuisine, une salle de bains pratiquement réduite au bac à douche. Il y faisait froid, un froid glaçant presque aussi coupant que celui du dehors. Dans la chambre de Nordine, reconnaissable aux posters qui tapissaient les murs – de MC Solaar à Marlon Brando jeune, de Yasser Arafat à Jodie Foster –, draps et couvertures avaient été arrachés du lit et traînaient au milieu de la pièce tandis que les rares meubles, une table et deux chaises, étaient renversés contre les murs. La table de la cuisine était elle aussi pieds en l'air, de la vaisselle brisée jonchait le carrelage.

« Y'a eu de la baston, ici, souffla Chafia, pas autrement impressionnée.

— *Goleri ap* ! grinça Ludo. C'est les nouveaux *keufs*. Maintenant ils viennent te chercher chez *oit*…

— Je commence à en avoir assez, de vos histoires ! Allez, on s'en va. Pour monsieur Nordine, ça sera quand il voudra. Mais si ma pièce est O.K. pour juin, je veux bien me faire imam… »

Khaled, manifestement en boule, mais peut-être plus troublé qu'il voulait en donner l'impression, donna le signal de la retraite. Lorsque la troupe, en groupe compact, aborda le palier, la porte d'en face se referma avec un souffle d'air feutré. Quelqu'un avait ouvert, pour guetter les intrus. Homme ? Femme ? Personne n'avait pu voir. Khaled alla frapper sur le battant.

« Monsieur… Min fadlik…[1] »

Comme il fallait s'y attendre, personne n'ouvrit. La troupe se retrouva en bas, face à l'étendue verglacée.

« Vous entendez ? » mumura Ludo.

Quelque part dans la nuit, un ronronnement troublait pour la première fois le silence. Et, à cent mètres peut-être, ou plus, droit devant, un véhicule se dégagea de l'angle d'un haut mur protégeant une quelconque usine abandonnée. C'était une longue voiture, du genre de ces limousines américaines qu'on voit dans les films. Pétrifiés, les témoins de la scène eurent l'impression qu'elle mettait plusieurs minutes à émerger de l'angle, tant sa longueur était démesurée. Ce qu'il y avait de sûr, c'est qu'elle roulait au pas, illuminée par une vive lueur d'un bleu électrique.

« C'est une voiture de flics, murmura Khaled. Ils savent peut-être quelque chose… »

Un panache de buée givrée flotta un instant devant la bouche de l'animateur, qui fit plusieurs pas en avant en agitant les bras. Les semelles de

1 En arabe : S'il vous plait…

Khaled faisaient craquer le sol pétri de neige glacée. Les autres l'entendirent crier :

« Hé ! Messieurs ! »

Ils virent l'animateur ralentir, s'arrêter. Là-bas, la longue voiture noire s'était immobilisée, le bruit du moteur réduit à un grésillement d'insecte. Mais personne n'en sortait. Dans le groupe, on n'entendait que le sifflement retenu des respirations. L'épaule de Fabien avait heurté le bras de Chafia et y demeura appliquée. Mais le moment n'était pas à d'autres tentatives d'innocente drague. L'immobilisation générale parut durer des siècles à tous ses acteurs. Puis la voiture s'ébranla à nouveau, prit de la vitesse sans que le crépitement bizarre qui en émanait gagnât en volume. Au bout de quelques dizaines de mètres, elle disparut derrière un immeuble, dont la masse coupa le bruit du moteur comme une radio qu'on éteint.

« Ils ne nous ont pas vus... grommela Khaled qui revenait, mains dans les poches et tête baissée.

— Tu parles, grogna tout bas Ludo. C'est eux. C'est les ninjas. Ils ont pris notre empreinte au laser. Maintenant, on est scotchés dans leur ordinateur et ils nous retrouvent quand ils veulent ! »

Personne ne se hasarda à lui demander dans quel film il avait vu ça. Le malaise persistait, si diffus qu'il était impossible de lui trouver un remède. La seule résolution fut : rentrer chez soi. La répèt', il n'en était évidemment plus question – même Khaled n'insista pas. À la demande générale, il déposa chacun devant sa montée. Fabien et Chafia furent les derniers à être largués. Mais pour Fabien, perdu dans ses pensées, il n'était pas question de profiter de ce coup de bol inattendu. Dans l'ascenseur qui les propulsait en hoquetant vers leur étage, il claqua subitement les doigts.

« Chafia ! Cette voiture… Tout le monde a pensé que c'était la police… Mais comment pouvait-on le savoir ?

— Comment ? fit la grande fille en lui lançant un regard ahuri. Cette question ! À cause de son clignotant bleu, pardi…

— Justement non. Je n'ai pas cessé d'y réfléchir, et ça vient de me revenir. On a cru qu'elle avait un clignotant sur le toit. Par habitude. Mais pas du tout. La lumière bleue venait de l'intérieur de la voiture. Elle passait à travers les vitres des portières… »

3
Mercredi soir

« ET fais bien attention, mon chéri ! »

Fabien sourit du bout des lèvres, sans aller jusqu'à demander à sa mère à quoi il devait faire bien attention. À ne pas prendre froid, à ne pas se faire renverser par une auto en traversant la rue, à ne pas traîner dans les pattes des grands de la cité qui, aux yeux de maman, étaient tous des dealers et des racketteurs… Plus mille autres recommandations informulées, qu'il devrait sûrement subir jusqu'au moment où les moustaches lui pousseraient. Et alors ? Les moustaches, quand il se regardait de très près dans le miroir de la salle de bains, il commençait déjà à en voir quelques pousses infinitésimales au-dessus de sa lèvre. Et même quelques autres sur l'arrondi du menton…

Il suivit des yeux sa mère, charmante et vive silhouette en long manteau de daim, aux cheveux blonds, courts et bouclés, jusqu'au moment où elle passa la porte du *Madame de…*, le salon de coiffure où travaillait Cristelle Caprioli. Le mercredi à midi et demi, c'était de tradition, Fabien venait rejoindre sa mère à la sortie de son travail, et tous deux allaient déjeuner dans une pizzeria du cours de la Libération. C'était un entracte bien venu, un des rares moments de la semaine où Fabien pouvait rester en tête à tête avec sa maman. Parfois, d'ailleurs, le tête à tête se complétait d'une ou deux copines du salon, comme Angela, une grande rousse d'origine anglaise qui le fascinait beaucoup sans qu'il puisse deviner pourquoi, ou encore Clotilde, dite Clo, une petite boulotte marrante qui le charriait en lui disant que, plus grand, il serait beau gosse et ferait des ravages…

Ce mercredi, c'est néanmoins seul face à Cristelle qu'il avait mangé sa pizza « Maison » (fromage-jambon-olives-champignons), dont il avait laissé un bon tiers sous l'œil maternel luisant d'inquiétude. *Tu n'as plus faim ? Tu n'es pas malade, au moins ? Tu es sûr que tout va bien ?* Tant de sollicitude l'avait détourné de ses intentions d'évoquer la disparition de Nordine et les ragots concernant les nouveaux flics et leur longue voiture noire avec cette étrange lumière bleutée à l'intérieur.

D'ailleurs, qu'aurait-il bien pu dire à Cristelle ? Sa mère l'aurait traité… sans doute pas de louf, comme l'avait fait Chafia la veille, mais se serait répandue sur sa « fertile imagination ». Alors la conversation était restée au ras des pâquerettes, c'est-à-dire le collège et les bonnes fréquentations. Et puis, avec le grand jour et le pâle soleil qui flottait entre deux berges de nuages dans l'eau fluide du ciel, les fantasmes nocturnes s'étaient bien évaporés…

Fabien se mit à descendre le boulevard, une rigide tranchée à la Haussmann qui faisait plus de deux kilomètres et joignait la cité, bâtie dans les années 70, à la place centrale qui était à peu près tout ce qui restait de l'ancien village dont la commune avait gardé le nom : Trécy-en-Campagne.

Les deux cinémas du quartier, deux multisalles, se faisaient face de part et d'autre du boulevard, juste avant la place Jean-Jaurès. Fabien alla de l'un à l'autre et revint sur ses pas. Sa mère lui avait donné de quoi se payer une séance – *à condition que tu rentres aussitôt après pour faire tes devoirs !* Il hésita, choisit *La Terreur vient de l'espace*, un film de science-fiction américain sorti depuis peu.

Il en sortit déçu, ainsi que ça arrivait une fois sur deux, surtout à cause du manque de scénario. Il avait quand même sursauté à deux ou trois reprises quand les monstres du titre, des êtres mi-insectes mi-robots venus sur Terre pour régénérer leur race grâce au sang humain, surgissaient d'un coin d'ombre pour capturer une victime de leurs grands bras griffus de mantes religieuses.

Avec la monnaie qui lui restait, il s'acheta une barre chocolatée dans une des boulangeries de la place. Ciel à moitié dégagé ou pas, la grisaille commença à s'installer dès seize heures trente. La nuit, la vraie, n'allait pas tarder. Fabien ne pouvait pas ne pas se rendre compte qu'il traînait (une des cent mille choses défendues par maman), et il n'ignorait pas non plus que, s'il traînait, c'est parce qu'il n'avait pas envie de rentrer chez lui. Chez lui – ou dans son quartier ? Ici, au centre, il y avait des magasins, des lumières, des gens qui passaient. Aux Vignes, aux Acacias ou ailleurs, c'était béton plus béton, avec de rares passants qui se hâtaient. C'était aussi…

Ah non, hein ! Suffit avec ces histoires…

Il alla se planter à l'intérieur de la cage de plastique d'un abri-bus (au centre on ne les cramait pas deux fois par mois), pour attendre le 28. Le bus le déposa à deux cents mètres de sa tour chérie, de l'autre côté du parking. Maintenant, il faisait tout à fait nuit. Rentrer, alors ? Non… non, pas encore. Sur sa gauche, au bout du court et large mail de la République, la tache lumineuse de la devanture du Bolobo, oasis de gaieté dans le désert vertical, l'attira comme un aimant. Il y fut à rapides enjambées, poussa la porte.

Entrer au Bolobo procurait la même impression que pénétrer dans la salle polyvalente de la maison des jeunes un soir de répétition : il y avait du monde, de la musique, des conversations multiples. La seule différence tenait à l'absence de fumée car, ici, les cigarettes étaient interdites.

Le dos à la porte qu'il avait refermée dans son dos, Fabien commença par scruter la grande salle carrée. Des silhouettes, épaule contre épaul,e se pressaient au bar, un groupe mixte de grands monopolisait les banquettes du fond, des garçons de son âge jouaient aux fléchettes, quatre autres se faisaient un baby. La musique déversée par le juke-box n'était pas du rap, mais une antique chanson de Joe Dassin. Si le créneau d'âge des occupants du lieu se situait quelque part entre dix et vingt ans, Fabien remarqua tout de même une table occupée par cinq ou six vieux, des Maghrébins penchés les uns vers les autres et parlant à voix basse.

Ce n'est que son tour complet d'horizon effectué qu'il aperçut, sur la droite, son pote Kofi, flanqué de l'inévitable Ludo. Il ne les avait pas aperçus tout de suite, car les deux garçons étaient le centre d'un groupe nombreux et agité réuni autour de plusieurs tables assemblées. Pour une fois, et cela lui alluma une petite braise de plaisir dans la poitrine, Kofi envoya dans sa direction de grands gestes de sémaphore. Fabien laissa passer quelques secondes avant de s'intégrer au groupe, non par fierté mais parce qu'il avait espéré jusqu'au dernier moment apercevoir Chafia. Mais la dame de ses pensées n'était pas là. Alors il s'assit sur une chaise qu'une main obligeante venait de pousser sous ses fesses.

« Il pourra vous dire, lui… Il était avec nous. Pas vrai, Caprioli, que tu étais avec *sounes* ? »

Fabien fronça le nez. Bien sûr… S'il avait été appelé, c'était pour témoigner ! Il parcourut des yeux, avec un air suffisant, l'assistance qui comptait plusieurs de ses copains de classe, dont Rachid avec son éternel keffieh.

« La seule chose qu'on a vue, c'est une voi… une bagnole. Est-ce que c'étaient des flics ? Ça, j'en sais rien. On était trop loin. Ce qui m'a paru bizarre, c'est… »

L'hésitation déclencha un raz de marée d'exclamations.

« Quoi ? Qu'est-ce qui t'a paru *zarbi* ?

— Ben… c'est la lumière. Une lumière bleue. Tu te souviens, Kofi ? Je suis sûr que, toi aussi, tu as pensé à un gyrophare, ou à une barre lumineuse,comme celle des voitures de flics américains. Mais en réalité, la lumière venait de l'intérieur de la voiture. »

Une ribambelle d'yeux ronds se fixèrent sur

Fabien, un grand frisé se tire-bouchonna la tempe de l'index, les commentaires ne se firent pas attendre.

« L'intérieur, l'extérieur, qu'est-ce que ça change ?

— Ils avaient peut-être la télé, dans leur tire, si c'est vraiment du top matos !

— Ou de l'électronique plein pot pour repérer ceux qu'ils veulent *pécho*…

— C'est des salades, tout ça ! Vous pensez tout de même pas que l'Anti-gang ou le GIGN[1] viendrait dans notre cité pourrie pour trois grammes d'herbe et une bagnole qui crame tous les 36 du mois ?

— Ouais. N'empêche que tu l'expliques comment, la disparition de Nordine ? »

Le grand Black élégant d'au moins vingt berges qui avait apporté la contestation balaya l'argument d'une main baguée.

« Qui parle de disparition ? Je le connais, moi, Nordine. Il a des plans pas toujours clairs. Il s'est ramassé des embrouilles, il s'est mis au vert pendant quelques jours. Même qu'il voulait partir aux USA…

1. Brigade d'intervention de la Gendarmerie nationale.

— Ben tiens ! Maintenant que c'est une star… À Hollywood, il s'est tiré, Nordine. Pour signer avec Spielberg. »

Des rires un peu forcés s'égrenèrent, que l'arrivée de Freddy Giudicelli éteignit. Le patron posa ses grosses pognes sur la table, demanda d'un ton bonhomme si ça allait pour les consommations. Comme personne ne soufflait mot, il finit par s'ébranler vers un autre coin de la salle. La cinquantaine, lunettes à verres épais, tignasse grise, toujours habillé d'un pull informe, Freddy était le créateur et le directeur du Bolobo. On disait qu'il avait été prof de philo. C'était peut-être vrai, vu qu'il organisait une fois par semaine un « café philosophique » où Fabien ne s'était jamais hasardé. En tout cas, le Bolobo était le second et dernier lieu convivial de la cité et, par là, concurrent direct de la maison des jeunes – ce pourquoi Khaled n'y mettait jamais les pieds. Cette jalousie avait ses raisons : le bistrot était toujours bondé. Pourtant, Freddy, sous ses airs bonasses, y maintenait des règles rigides. Non seulement le tabac mais encore l'alcool, bière comprise, n'avaient pas droit d'entrée. Ce que tout le monde, même les plus durs, acceptaient… Pourtant, la brève apparition du Prof (c'était un de ses surnoms – Spinoza en étant un autre...) avait posé un éteignoir sur les diatribes. Un à un, après avoir terminé leur Coca ou leur jus de tomate, les participants au débat du soir se levèrent et quittèrent le Bolobo, Rachid compris.

« On va se *réti*, nous aussi… fit Kofi en souriant à Fabien, ce qui était rien moins qu'habituel.

— Vous allez où ? »

Fabien l'avait vérifié à sa montre, il n'était même pas six heures. Il n'avait toujours pas envie de rentrer chez lui – plus d'une heure s'écoulerait avant le retour de Cristelle –, il était donc bien décidé à s'accrocher. Les deux ados échangèrent un coup d'œil qui ne lui échappa aucunement. Et ce fut Kofi, décidément en veine de fraternisation, qui mangea le morceau.

« On s'est trouvé une planque, avec Ludo et Merzouk… Une cabane dans un vieux chantier, derrière la place des Arlequins. Elle nous sert de réserve, on y *cheuca* des trucs, on se boit une bière coolos, tu vois ?

— Chouette ! Vous m'emmenez ? »

Fabien fit semblant de ne pas voir la grimace de

Ludo. Kofi lui avait envoyé une ouache dans l'épaule en lui lançant :

« Mouv' ! on s'arrache... »

Ce fut Fabien qui vit la voiture. Ludo et Kofi marchaient devant, si vite qu'il avait du mal à suivre. Les deux grands se frappaient les mains en rythmant leur pas sur le rap qu'ils ânonnaient. Ils semblaient l'avoir oublié – ce qui était peut-être le cas.

La voiture venait de la gauche, d'une trouée entre deux immeubles trapus dont la plupart des fenêtres n'étaient que des yeux aveugles. Elle venait ? Pour Fabien, quand il eut le loisir d'y réfléchir, il aurait été plus juste de dire qu'elle s'était trouvée là, immobile, comme une bête à l'affût, alors qu'une seconde plus tôt il n'y avait rien. Il sentit un hoquet d'air s'échapper de sa bouche, immédiatement condensé par le froid. Il sentit aussi son cœur s'emballer. Mais sa fascination était telle – une fascination proche de l'hypnose – qu'il laissa passer un temps indéterminé, mais sûrement bien long vu les circonstances, avant de penser à avertir ses copains.

La voiture se présentait de face. Son large pare-brise formait une nappe bleu turquoise qui luisait sourdement. Les phares paraissaient n'être que deux balafres creusées au bas du capot, deux traits aussi minces que les yeux d'un chat en colère, d'où filtrait une lueur si intense que le bleu basique en devenait presque blanc. À l'arrêt, le bruit du moteur était à peine perceptible, rien de plus qu'un grattement de plume sur une surface rugueuse. Pas étonnant que les autres ne se soient aperçus de rien !

Et puis la voiture se mit en mouvement, sortant avec lenteur du canyon ombreux où elle était tapie. La fascination qui paralysait Fabien vola en éclats. Ce fut pour s'apercevoir qu'il s'était laissé distancer d'au moins vingt pas par Ludo et Kofi qui, tout à leur rythme rappé, n'avaient toujours rien vu. Son premier appel se tranforma en gargouillis misérable au fond de sa gorge. Quand il réussit à crier : « Gaffe ! La voiture... La voiture ! », ses pieds s'étaient mis à battre le parterre neigeux sans qu'il eût réellement conscience qu'il courait. Il vit les deux grands s'arrêter, se retourner, repartir en avant comme des sprinters au coup de pistolet du starter. En un rien de temps, il se laissa à nouveau distancer.

Ses poumons trop fragiles commencèrent à cuire sourdement. Il hoqueta une fois encore en voyant son ombre portée se désarticuler devant lui dans une mare d'huile bleue. Les phares, pensa-t-il. Ils se sont mis pleins phares.... Mais il aurait été bien incapable de définir qui désignait ce « ils ».

Il vit Ludo et Kofi s'engouffrer dans l'ouverture béante d'une palissade à moitié démantibulée. Il ne cessait de perdre du terrain, son ombre faisait des brasses dans une flaque de plus en plus lumineuse. Sans faire plus de bruit qu'une bille roulant sur un carrelage, la voiture mystérieuse se rapprochait. Fabien réussit à franchir la passe… mais son pied accrocha un obstacle qui dépassait de la neige. Il s'étala. Son menton cogna sur le sol glacé. Immédiatement il se mit à hurler.

« Kofi ! Au secours ! Attendez-moi ! »

Loin devant lui, à peine visibles dans la nuit, les deux garçons cavalaient. Pendant un instant interminable, il eut la certitude qu'ils l'abandonnaient. Il était en train de se relever, la figure meurtrie et une douleur cinglante dans le genou, quand une des deux silhouettes fit volte-face pour revenir vers lui. Kofi ! C'était Kofi, dont il put distinguer les yeux exorbités au ras du bonnet quand la nappe bleue l'enveloppa. Fabien était déjà debout, il reçut sur la figure le souffle chaud de son copain, sentit une main nerveuse et froide agripper la sienne.

Immédiatement, ils repartirent en avant, lui clopinant, Kofi le tirant. Ils se trouvaient au centre d'un terrain vague où s'élevaient d'indistinctes formes crépies de neige durcie. Autant d'obstacles entre lesquels ils coururent un bon moment, Fabien tâchant d'oublier sa douleur, leurs pieds faisant un bruit déraisonnable sur la croûte cassante. La voiture avait-elle pénétré dans le champ clos ? Ils ne voulaient surtout pas le savoir, bien que la lumière bleue semblât s'attacher à leur dos, faisant scintiller autour d'eux les arêtes des tumulus les plus élevés.

« Ludo… Ludo, où t'es ? » s'essoufflait Kofi.

Il dut répéter le prénom une dizaine de fois avant qu'un chuchotement se fasse entendre, quelque part derrière un rempart en quinconce de vieilles bagnoles abandonnées.

« Fermez-la ! Je suis ici… »

Ils s'aplatirent contre Ludo, dont le visage d'ordinaire si noir paraissait du même blanc que l'en-

vironnement neigeux. Fabien ferma les yeux. La main de Kofi l'avait abandonné, il tenta de calmer sa respiration pour oublier, sinon pour calmer le feu des divers tisons qui rôtissaient sa chair – son genou, son menton, l'intérieur de sa poitrine surtout. Les chuchotements précipités de ses compagnons le forcèrent à émerger.

« Où ils sont ? Tu les *oipes* ?

— Y'a plus rien… Ils nous ont perdus. Ils se sont *rétis* ! »

Fabien se releva avec peine, se hissa sur la pointe des pieds pour observer la décharge au-dessus des voitures encastrées. C'est vrai, il n'y avait plus rien. La lumière bleutée ne rôdait plus sur les carcasses, un silence de banquise s'était refermé sur le terrain clos. La voiture noire avait disparu comme elle était apparue, fantôme d'acier craché et avalé par la nuit…

Ludo se frappa la tempe de son poing fermé.

« Waouh… la *repeu* qu'ils m'ont foutue, ces mongols ! Ils cherchent quoi ? Et qui c'est d'abord ? Tu as vu quelque chose, *oit* ? Dans la *reti*, tu as vu quelqu'un ? »

Fabien, que Ludo avait attrapé par le col – sans

doute parce qu'il lui fallait une victime pour se passer les nerfs –, prit le temps de rassembler ses esprits avant de répondre.

« Qu'est-ce que j'aurais pu voir ? Tu crois que j'ai eu le temps de faire des photos ? On ne pouvait rien distinguer, à l'intérieur. Seulement la lumière bleue. Tiens, maintenant que j'y pense, je suis sûr que la bagnole n'avait même pas de plaque d'immatriculation.

— Ouaip, on n'est pas plus avancé, quoi !

— En tout cas ils sont partis, intervint Kofi. Vous croyez pas qu'il est temps d'aller retrouver Merzouk ? Il doit se demander ce qu'on glande… »

Les trois garçons, d'abord avec une prudence d'Indiens, puis d'une démarche de plus en plus assurée à mesure qu'ils se persuadaient que la terrible voiture n'était plus dans les environs, traversèrent la décharge en diagonale. Il n'y avait plus ensuite qu'à longer pendant quelques centaines de mètres une avenue serrée entre deux murs avant d'aborder le chantier à l'abandon.

« Il est là, le *Zoukmer*… » marmonna Ludo en désignant la guérite, dont la porte entrebâillée laissait filtrer la lueur orange d'une bougie.

Il appela, imité par Kofi. Mais, dans la cabane, personne ne se manifesta. Toujours à cran, Ludo poussa la porte d'un coup de pied qui, du centre d'un stade, aurait envoyé le ballon dans les gradins. La porte sonna contre la paroi de tôle. Ludo et Kofi entrèrent ensemble, en se bousculant. Fabien, qui suivait, les heurta. Il réussit à écarter un bras qui lui bouchait la vue, déjà conscient, à l'immobilité soudaine des deux grands, qu'il se passait quelque chose d'anormal.

Au milieu du préfabriqué, le tonneau servant de table était renversé. Mais la bougie, collée sur le dessus du récipient par la paraffine fondue, ne s'était ni détachée ni éteinte. Sa flamme, vacillante et charbonneuse, donnait suffisamment de lumière pour éclairer le visage de cire de Merzouk. Couché à plat ventre au milieu de tout un bric-à-brac qui lui était tombé dessus, les yeux exorbités, le gros garçon ne bougeait plus. Il était mort, pas besoin d'être médecin pour le comprendre .

Un souffle d'air brûlant s'échappa des lèvres de Fabien. Il se souviendrait toute sa vie de la réflexion de Kofi :

« *Il a l'air aussi desséché qu'une momie…* »

4
Jeudi soir

À 16 h 30, Fabien et Kofi franchirent du même pas le portail de Charles-Darwin. Vingt centimètres en hauteur ne les auraient pas séparés, c'est sûr qu'ils auraient marché épaule contre épaule. Les épreuves vécues ensemble, ça soude l'amitié. C'est en tout cas ce que se répétait intérieurement Fabien — un sentiment si doux à l'âme qu'il aurait presque oublié le drame terrible qui en formait la base.

Presque, seulement. Car s'effacer de l'esprit l'image de cette espèce de sac replié et vidé qu'était devenu le corps du pauvre Merzouk, donner un coup de gomme magique sur cette figure blême devant laquelle oscillait la flamme de la bougie qui perdait en grésillant son jus sur le sol… c'était bien évidemment impossible.

Qu'est-ce qu'on fait ? avait soufflé Kofi. Bonne question, qui avait fait l'objet d'un court débat.

« Il faut prévenir la pol… » avait commencé étourdiment Fabien. Autant qu'il pouvait s'en souvenir, il avait ravalé le mot avant même qu'il ait franchi complètement ses lèvres. La police ? Par exemple les ninjas en voiture noire ? Sans qu'ils en aient la moindre preuve, la mort de Merzouk ne pouvait qu'être imputée aux occupants du véhicule qui les avait poursuivis. C'était une certitude intuitive, que rien n'aurait pu leur enlever de la tête. Sans toucher au corps, ils l'avaient inspecté autant que faire se pouvait. Certes, l'adolescent ne portait aucune blessure visible – à part cette effarante impression qu'il n'était plus qu'une enveloppe dont une bonne partie de la substance avait été…

Non, il n'y avait pas de mot pour décrire cette horreur. Mais ce qu'il y avait de sûr, c'est que Merzouk n'était pas mort de froid, ni d'une crise cardiaque. Pas à son âge. À moins qu'il fût mort de peur, bien entendu. Ce qui n'apportait aucune réponse au problème – à part une : il existait bien une équipe de tueurs qui rôdaient dans la cité, il ne s'agissait pas de racontars…

En bref, et comme Merzouk ne possédait aucun parent connu qu'on pût prévenir, Ludo avait gagné la partie : on ne sait rien, on n'a rien vu, on ne dit rien…

Ils avaient donc laissé le corps où il était, figure contre terre. Depuis, cette image ne cessait de le visiter à l'improviste. La veille au soir, Cristelle s'était bien rendu compte que quelque chose n'allait pas. Surtout qu'il y avait cette égratignure au menton qu'il n'avait pas eu le temps de dissimuler sous une couche de crème. Alors il avait prétendu être tombé pendant la gym. L'effet du mensonge n'avait certainement pas été pire que la vérité, n'empêche que sa mère ne l'avait pas lâché avant qu'il soit au lit. Dans la journée, pendant les cours, les profs aussi avaient pu noter l'inhabituel manque d'attention du sage petit Fabien. En particulier Bastaire, le féroce prof de maths. *Si nous demandions à monsieur Caprioli de répéter à toute la classe la règle qui vient d'être énoncée ?* Et les rires sous cape d'agiter les visages baissés…

« *Lavoi* Ludo ! »

Kofi venait d'envoyer une ouache dans les côtes de Fabien, le faisant sauter dans la réalité telle une carpe hors de l'eau. Ludo attendait, à cheval sur sa bécane pétaradante, contre la barrière du terrain de sports. Son capuchon lacé jusqu'aux narines le faisait ressembler à un de ces Corses qu'on voit à la télé. Ludo était en quatrième, ce que beaucoup considéraient comme un exploit. Rien qu'à voir ses yeux, il avait l'air particulièrement à cran. Les trois complices commencèrent à longer le grillage jusqu'au croisement avec le boulevard de la Libération. À nouveau le ciel était plombé, le baromètre avait replongé nettement sous zéro.

« Toute la nuit j'ai repensé à Merzouk, attaqua Ludo. J'ai la haine, je vous jure. J'ai la haine pour ceux qui ont fait ça. Maintenant j'ai qu'une idée, c'est les retrouver…

— Et faire *oique* ? C'est eux qui vont te retrouver, oui…

— C'est à voir. Mon idée, c'est de regrouper le

maxi de *teupos*. Toute une *deban*. Et de patrouiller le soir jusqu'à ce qu'on puisse les serrer ! Vous êtes partants ? »

Kofi et Fabien ne répondirent que par une grimace expectative. Kofi tendit le bras après un inévitable coup de coude. De l'autre côté du boulevard, oscillant au ras du trottoir, un cycliste pédalait en marge du courant automobile, en direction du centre. Les trois garçons suivirent l'homme des yeux jusqu'au moment où, deux cents mètres plus bas, il eût cadenassé son vélo à un pylône avant de disparaître derrière une façade.

« Vous avez vu ? C'est Kropcèk.

— Ouais, c'est le vieux Kro.

— Il sait peut-être quelque chose ?

— Ça se pourrait…

— On y va ?

— On y va ! »

Le trio, Ludo ayant pris de l'avance avec son vélomoteur, se précipita vers l'endroit où avait disparu le dénommé Kropcèk. Cet endroit n'était autre que le premier des nombreux bistrots qui s'alignaient sur le boulevard. Quant à Kropcèk, dit

Kro, ou Krop, c'était un vieux flic au bord de la retraite, détaché du commissariat de Trécy (qui baissait le rideau à 18 heures) pour faire de l'îlotage dans la cité. Il connaissait tout le monde, tout le monde connaissait sa silhouette débonnaire, estomac rebondi et moustaches grises à la gauloise, tout le monde connaissait aussi son travers : boire un coup en douce, service ou pas.

Les garçons ne firent que jeter un regard rapide à travers la vitrine du Café des Sportifs avant d'y pénétrer à la queue leu leu. Kropcèk était assis à une table du fond, il avait quitté sa casquette réglementaire et chaussé ses lunettes, un ballon de rouge déjà entre ses grosses pattes. Il ne parut pas exagérément surpris de voir débouler ces deux grands Noirs et ce petit Blanc qui s'installèrent d'autorité à sa table ; il ne sembla pas non plus couvert de honte de se voir surpris dans l'exercice de son vice favori.

« Alors, les jeunes, qu'est-ce qui vous amène ? Vous n'avez pas fait des bêtises au moins ? »

Les jeunes secouèrent la tête, agitèrent les mains, et il leur fallut déglutir de nombreux « M'sieur… M'sieur ! » avant que Kofi puisse résumer la situation, tout en censurant l'essentiel.

« C'est rapport à plusieurs copains qui auraient disparu de la cité. Nordine Chehili, un grand du quartier de l'ouest. Et aussi… heu… Merzouk Talek, de Grange Bleue. Ça doit faire un ou deux… ou même trois jours qu'on les a pas vus.

— Et alors ? fit Kropcèk en sifflant le fond de son verre. Deux ou trois jours ? Et c'est pour ça que vous vous inquiétez ?

— C'est pas tout, m'sieur Kro, intervint Ludo. Il paraît… – mieux que ça, on les a vus ! – qu'il y aurait une équipe de keu… de policiers d'élite, dans la cité. Et ça serait eux qui font disparaître nos teupos. Même qu'ils patrouillent dans une grande voiture noire, sans plaque, sans rien… »

Cette fois, le vieil îlotier fronça les sourcils et froissa sa moustache entre le pouce et l'index.

« Allons ! Qu'est-ce que vous allez chercher là ? Des policiers d'élite, ici ? Je vais vous dire. Au commissariat, on est seize, pas un de plus, moi compris. Et ça fait des années qu'on demande en vain des suppléments d'effectifs… Ceci dit, si vraiment il y a eu disparition, c'est aux parents de signaler le fait.

— Les parents, y'en a pas… soupira Kofi.

— Bon. Je vois bien que vous êtes inquiets. Je suis sûr que c'est pour rien, mais je vais quand même me renseigner. De votre côté, si vous apprenez quelque chose d'un peu plus précis, vous savez où me trouver. Je veux dire… à faire le tour de France dans les rues, hein ! En attendant, vous prendrez bien quelque chose… Un Coca ? Une bière ? C'est le vieux Kropcèk qui régale. »

La rencontre se termina avec des « merci m'sieur, au revoir m'sieur » longs comme le bras. Pas de doute, l'îlotier était un brave type, un keuf comme on n'en faisait plus, et à qui personne dans la cité n'aurait balancé un canette vide ou un petit caillou. Son efficacité, dans cette affaire, c'était une autre histoire…

Fidèle à son idée, Ludo fixa le rendez-vous pour la première patrouille nocturne à huit heures et demie, à l'angle des Acacias. Il ameuterait ses potes. Kofi y serait. Fabien, lui, qui savait devoir compter avec sa mère, ne promit rien.

La chance fut pourtant de son côté. C'était un soir cinéma pour Cristelle, qui, avec ce petit air à la fois gêné et enjoué qu'elle arborait inévitablement quand elle sortait avec son François, remit le disque mille fois passé : faire ses devoirs, ne pas regarder trop tard la télévision, baisser le chauffage avant de se coucher. Elle serait de retour avant minuit. Sitôt la porte claquée, Fabien se vêtit chaudement et, à cinq minutes près, fila sur les pas de sa mère.

À l'étage du dessous, le septième, l'ascenseur stoppa.

« C'est toi ! ne put-il que souffler quand la porte métallique eut coulissé pour livrer passage à une fille habillée comme un motard, bottes comprises, aux lèvres rouges et aux cheveux nattés.

— Kofi m'a prévenue, dit Chafia avec son sourire le plus fiérot. Il m'a tout raconté, même pour Merzouk. C'est dégueulasse. Tu pensais pas que j'allais vous laisser béton ?

— Non, mais ça peut être dangereux… et une fille… »

Fabien comprit un peu tard qu'il avait fait la gaffe de sa vie, ou au moins de la soirée, en voyant le sourire se refermer comme une boîte de cirage et le regard se faire plus noir que jamais sous les paupières vert-de-gris. Son cœur avait beau battre en sourdine sous sa doudoune, il ne parvint pas à trouver les mots qu'il fallait pour rattraper le coup. Et Chafia, menton levé, regard rivé vers l'avant, ne fit rien pour rompre le silence bétonné. En tout cas avec lui car, lorsqu'ils eurent atteint l'angle des Acacias où attendaient Kofi et Ludo, Fabien eut la douleur de la voir échanger avec les deux garçons force exclamations de joie et claquements de paume.

« Tu nous fais pas la *zeubi* ? » gloussa Ludo.

Elle la fit, elle leur en fit même plusieurs, qui explosèrent sur les joues noires avec un bruit de bouchon de champagne giclant du goulot. La douleur rongeante de Fabien gagna plusieurs degrés supplémentaires sur son échelle intérieure.

« Ils sont où, les autres ? finit-il par grommeler en regardant ses pieds.

— Est-ce que je sais ? Christophe, mon frangin, il est pas à la maison. Mais j'ai prévenu Garcia, Ferraouche, Loïc, je sais plus qui encore… Cool, ils vont venir.

— En l'an 2000, ils vont venir ! intervint Kofi. C'est des babtous. Ils sont galères, tes *teupos*. Les chocottes, ils ont ! »

Ludo lui envoya un regard venimeux mais, au bout d'un quart d'heure d'attente, le chef de bande dut bien se rendre à l'évidence : les autres s'étaient défilés, ils se retrouvaient à quatre pour l'expédition.

« Y'a pas de lézard, on y va », finit-il par déclarer.

Les autres le virent écarter les pans de son manteau de cuir et en sortir une batte de base-ball avec laquelle il montra le chemin. Tous démarrèrent dans la nuit, direction la décharge où la voiture noire avait été vue pour la dernière fois. Ils atteignirent le quartier, contournèrent le terrain vague, longèrent le chantier à la planque – sans aller jusqu'à y pénétrer. Personne n'en souffla mot, mais tous pensaient à Merzouk, dont le corps était sans doute toujours là.

Après le chantier, ils continuèrent au long d'une avenue éclairée par de rares réverbères et traversant des espaces désolés. Le froid s'intensifiait, ils n'avaient pas rencontré âme qui vive depuis le départ, pas même un chat en maraude. Ils ne l'auraient pas avoué, même pour un Richelieu, mais le découragement guettait. Pourtant, ils finirent par trouver ce qu'ils cherchaient.

Ils jouèrent gagnant à ce stade de la partie de cache-cache car, lorsque la voiture noire apparut dans la perspective d'une rue perpendiculaire, le groupe avançait à l'abri d'une rangée de caravanes qui attendaient le printemps dans l'angle d'un parking, à moins qu'elles n'aient abrité des gitans endormis. Cette fois, ce ne fut pas le bruit qui les alerta, mais la lumière bleue venant à l'improviste éclabousser les parois laquées des remorques.

Fabien sentit une main se refermer sur son cou et le pousser en avant. Il se retrouva accroupi à côté de Chafia, dont il reçut le souffle rauque et mentolé sur la figure. Aplati contre un essieu dans la neige figée, il eut avec ses compagnons tout loisir d'observer le véhicule qui, roulant au pas comme il semblait en avoir l'habitude, prenait le virage sur l'avenue. Mais, bien qu'au minimum de distance il passât à moins de cinq mètres du groupe immobile, cette observation ne leur apporta pas grand-chose.

La voiture n'était qu'un bloc de métal noir exagérément allongé, aux angles bruts, aux arêtes coupantes. Au choix, elle ressemblait à un corbillard ou à un véhicule blindé anti-émeutes. Aucun indice distinctif n'était repérable sur sa carrosserie, ni marque, ni numéro, ni aucune sorte d'identification. Même ses enjoliveurs de roues étaient noirs, et elle ne paraissait pas avoir de tuyau d'échappement. Une voiture électrique ? Possible – ce qui aurait expliqué le crissement feutré de son moteur. Restait enfin cette étrange lumière bleue qui palpitait derrière ses trois vitres latérales, son pare-brise, sa lunette arrière – une lumière intense sans être éblouissante, une lumière solide qui empêchait de distinguer l'intérieur du véhicule…

La voiture était déjà à plus de vingt mètres, s'éloignant vers l'extrémité indiscernable de l'avenue, quand Kofi réagit le premier, prenant pour une fois l'initiative.

« Suivons-la, sinon on va la perdre ! »

Tous se levèrent. Ils suivirent la voiture pendant près d'un kilomètre, trottant, courant, profitant du moindre dénivelé et de tous les obstacles dressés sur les bas-côtés de l'avenue pour ne pas être vus. Fabien, malgré le froid qui lui picotait les bronches, n'eut pas une fois à se servir de son vaporisateur de Ventoline. Une exaltation bizarre l'emplissait, qu'il savait partager avec les trois autres. Surtout, il n'avait pas peur – aucun d'eux n'avait peur. *C'est parce que nous avons l'initiative*, pensa-t-il. *Parce que les chasseurs, c'est nous, maintenant.*

Sans doute était-ce d'un optimisme exagéré. De profil, la voiture évoquait irrésistiblement un fauve cherchant sa proie avec une nonchalance voulue, une panthère noire se coulant dans le sable blanc du désert urbain, un requin fendant silencieusement les flots d'un océan de lait caillé. Lorsqu'ils la virent pénétrer sous le porche d'un bâtiment compact et obscur, dont la façade ne comportait que des fenêtres aux carreaux brisés, les quatre traqueurs se blottirent derrière un transformateur, en attente.

Le bâtiment où avait disparu la voiture était une fabrique désertée depuis des lustres, dont ils pouvaient encore lire la raison sociale au-dessus du porche : Biscuiterie Borachaud. Ils avaient atteint l'extrême limite ouest de la commune. Au-delà du bâtiment, la bretelle d'autoroute surélevée se dessinait vaguement dans les brumes nocturnes, soulignée de temps à autre par le reflet fugitif de phares à l'honnête lumière blanche ou jaune. Les minutes passaient, qui s'additionnèrent en un bon quart d'heure.

« On fait quoi ? Je me les gèle ! ronchonna Chafia en se frottant les mains, les cuisses, les fesses.

— Si ça se trouve, c'est leur base, dit Ludo. Il faut en être sûr. Je vais faire le tour par derrière. Dans dix minutes, vous vous pointez. En faisant super gaffe. On convient d'un signe de reconnaissance, d'accord ? Un coup de sifflet pour avancez, deux pour restez sur place. D'accodac ? »

Ludo siffla pour l'exemple, brandit sa batte. Ceux qui restaient le virent traverser l'avenue dos courbé, se fondre sur le côté gauche de la biscuiterie. Les dix minutes d'attente furent égales à dix siècles dans le Grand Nord. Enfin Chafia, qui possédait une superbe montre électronique luminescente, de celles qu'on trouve pour cent francs dans les foires, donna le signal. À leur tour ils traversèrent, se plaquèrent au mur décrépi, à l'angle du porche. Le silence le plus absolu régnait toujours. Alors qu'ils hésitaient à se lancer à travers la sombre ouverture rectangulaire, un phénomène bizarre se produisit, qui les rejeta dos au mur.

Quelque part – mais où exactement, personne n'aurait pu le dire – une sorte d'éclair blafard avait jailli, qui illumina une brève seconde l'intérieur du porche et une large portion de l'avenue. Le sol et le mur de la fabrique tressaillirent, quelques fragments de mortier détaché chutèrent depuis les hauteurs pour venir à leurs pieds se ficher dans la neige. Puis le silence figé reprit ses droits.

« Qu'est-ce que c'était ? Qu'est-ce qu'il y a eu ? » chuchota Chafia.

Fabien, à son indicible écœurement, vit qu'elle se cramponnait au bras de Kofi. Il prit le parti d'ignorer ce nouveau coup de poignard et répondit d'un ton dédaigneux.

« On aurait dit un éclair. Mais naturellement, en cette saison, c'est peu probable. Peut-être un câble électrique qui s'est rompu sous le poids de la neige et a provoqué un court-circuit… »

Il nota avec satisfaction le double regard rond d'admiration (ou de stupéfaction ?) braqué sur lui, avant que Kofi ne déclare :

« Ouais. Ben en attendant, on ferait mieux d'y aller… »

Il s'enfonça dans le tunnel, Chafia toujours

accrochée à lui. Fabien remarqua que Kofi avait ramassé une barre de fer. Il chercha lui aussi une arme, ne trouva rien, se précipita derrière le couple.

Au bout d'une dizaine de mètres, l'entrée débouchait sur une vaste cour intérieure. Les trois explorateurs s'immobilisèrent à nouveau sous le préau crevassé bordant la façade interne. Le ciel bouché, réfléchissant faiblement les lointaines lumières de la cité, donnait assez de lumière pour leur permettre de voir parfaitement la surface de la cour. Elle était vide, et sa face opposée ne montrait aucune porte par où la voiture aurait pu sortir. Alors, où était-elle passée ?

Avec prudence d'abord, puis d'un pas plus assuré quand ils furent persuadés que le véhicule avait réellement disparu, Kofi, Chafia et Fabien s'avancèrent à l'intérieur de la cour.

« Vous avez vu ? » souffla Fabien.

Sur le sol, et bien que la neige, vieille de huit jours, ne fût plus qu'une surface rigide, la trace ténue de larges pneus dépourvus de crans était visible. Elle s'enfonçait tout droit vers le milieu de la cour, s'interrompait devant une surface carrée située exactement en son centre. Elle pouvait compter une dizaine de mètres de côté, facilement mesurables par autant d'enjambées. Cette surface était plus sombre, parce que dépourvue de neige. Fabien se pencha, quitta son gant droit, y passa la paume de sa main, ramena une poignée de terre noirâtre et friable.

« Ça sent le brûlé... » murmura-t-il après avoir reniflé.

Il lâcha brusquement la terre, secoua la main, promena un regard effaré sur les hauts murs gris.

« Eh ben quoi ? souffla Kofi.

— Vous ne comprenez pas ? C'est comme... comme si la voiture avait roulé jusque-là, était entrée dans un... un bâtiment qui se serait trouvé à cet endroit, au centre de la cour. Et tout aurait disparu !

— Disparu ? Et Ludo, alors ? Où il est, Ludo ? »

Pendant quelques minutes, tous l'avaient oublié. À supposer que Ludo n'ait pas trouvé une porte de l'autre côté de la biscuiterie, il aurait largement eu le temps de refaire le tour par l'entrée principale. Alors ? Ils se mirent à siffler, à appeler, firent le tour de la cour, trouvèrent effectivement

une petite porte non verrouillée sur sa face opposée. Mais Ludo n'était nulle part. Au bout d'une heure, ils durent bien accepter l'évidence. Comme la voiture noire, leur compagnon avait disparu.

5
Vendredi soir

KROPCÈK attendait à la sortie du collège. Le vieil îlotier tenait son vélo par le guidon, il était vêtu d'un long manteau, avait enveloppé sa casquette d'un protège-tête en plastique transparent qui lui donnait l'air d'une vieille bonne femme. Des flocons, encore rares mais ne demandant qu'à se multiplier, peluchaient avec paresse du ciel uniformément gris. Instinc-tivement, Fabien, Kofi et Chafia ralentirent le pas. Mais Krop, qui les avait vus, leur fit signe d'avancer.

« J'ai une mauvaise nouvelle, attaqua-t-il en se grattant la moustache. Un des garçons dont vous m'avez signalé la disparition a été retrouvé. Un nommé Merzouk… quelque chose. En fait, c'est moi qui l'ai trouvé. Dans une bicoque d'un chantier abandonné. Mort depuis plusieurs jours, apparemment. Il semblerait que vous ayiez raison, et qu'il se passe effectivement quelque chose par ici. J'ai fait des recoupements au commissariat. Depuis une semaine, trois disparitions ont été signalées. Mais comme je vous le disais, on n'a pas les effectifs. Alors on classe catégorie fugue et on attend. Pourtant, avec ce pauvre gamin, il y a quelque chose de bizarre…

— Quoi ? firent d'une même voix Fabien et Chafia.

— L'état de son corps. Complètement desséché, comme si… je ne sais pas. Les collègues ont évidemment parlé d'un décès par surdose, mais je n'y crois pas. De toute façon, le procureur ordonnera sûrement une autopsie. Dites voir, jeunes gens, vous êtes bien silencieux. Vous avez quelque chose à cacher ? Ou quelque chose à me dire ? »

Les deux garçons et leur copine échangèrent des

regards croisés dont la tonalité lugubre et désemparée n'échappa pas à l'îlotier. Ludo n'avait pas reparu et, pour les trois complices, la journée s'était écoulée avec une lenteur désespérante. Dans leur esprit, une seule question battait des ailes avec la même frénésie qu'un corbeau en cage : que faire ? À cette question-là, ils n'avaient toujours pas trouvé de réponse.

« Pour Merzouk, m'sieur, se lança Kofi, on savait. Et on sait qui l'a tué. On vous l'a dit. Ceux qui circulent dans une voiture noire. Cette nuit, on l'a vue. Même que… même que…

— Même que quoi ?

— Eh ben… mon copain Ludo M'bonga. Celui qui était avec nous, hier. Il a disparu lui aussi. C'est ceux de la voiture noire, on vous dit !

— Allons, allons… Vous recommencez avec ces histoires ? grogna Kropcèk en malmenant sa moustache. Qui voulez-vous que ce soit, à votre avis ?

— On n'a vu personne, monsieur Kropcèk, intervint Fabien. Juste la voiture. Une voiture très bizarre. Peut-être qu'il s'agit de la mafia. Ou… d'un service spécial de l'armée, qui teste du nouveau matériel !

— Tu regardes beaucoup les séries à la télévision, toi…

— Non, m'sieur, c'est pas des embrouilles, je vous jure ! s'exclama Chafia. On peut vous montrer. Il y a des traces, dans la cour d'une vieille usine… »

Kropcèk gonfla les lèvres, soupira. Sur le boulevard, une voiture de police longeait le trottoir, roulant au pas. Une vraie, blanche avec des rayures bleues et rouges, et deux flics sur la banquette avant.

L'îlotier les héla, se pencha vers la portière quand la voiture se fut arrêtée. Fabien et les autres le virent parlementer, coururent le rejoindre à son premier signe.

« Mes collègues vont nous conduire. Montez… »

Ils montèrent, s'entassèrent à l'arrière de la voiture avec le gros Kropcèk. Les deux flics, des jeunes au visage dur, se contentèrent de jeter un regard lourd de mépris au trio et n'ouvrirent pas la bouche de tout le trajet, qui ne prit qu'un petit quart d'heure. Lorsque la voiture s'engagea avec prudence sous le porche de la biscuiterie, il faisait déjà nuit. Mais c'était une nuit blanche, que criblait de manière impressionniste une neige maintenant abondante.

C'était réglé d'avance : aussi bien les traces de de pneus que le rectangle brûlé avaient été recouverts. Les deux flics, de mauvaise grâce, firent quelques pas dans la cour en faisant jouer la lumière de leur torche électrique sur le sol et les façades, avant de réintégrer leur véhicule. Au retour, ils firent mine de s'absorber dans l'écoute des messages grésillants que délivrait leur radio de bord, puis leurs passagers furent largués sans trop de ménagement à côté du collège, là où Kropcèk avait laissé son vélo.

« Que vouliez-vous qu'ils fassent de plus ? grommela-t-il. Mais écoutez… C'est pas pour ça que je vais vous laisser tomber. Ce soir, j'irai traîner mes guêtres au Bolobo. Le vieux Kro n'y est pas trop mal vu. J'apprendrai peut-être quelque chose. Si vous voulez m'y rejoindre… disons, entre vingt et vingt et une heures, nous pourrons aller faire un tour. Hors service, évidemment ! »

Kropcèk fit comme il avait dit. Un peu avant huit heures du soir, alors qu'à l'extérieur la neige ne cessait de molletonner les rues, il s'installa dans un coin du café associatif, le plus loin possible du juke-box où Madjid Khalad tambourinait plein pot. Suzanne, sa femme, une pied-noir venue d'Algérie trente-cinq ans plus tôt, lui avait fait un délicieux couscous dont il s'était resservi trois fois. Comme ce poids sur son estomac menaçait de l'endormir, il commanda un café. Freddy, venu le servir en personne, s'étonna de sa présence.

« C'est pour garder le contact, qu'est-ce que tu crois… Dis, j'ai l'impression que ça s'agite beaucoup dans la cité, non ?

— Tu veux parler de ce pauvre gosse retrouvé dans un terrain vague ? Tout le monde ne parle que de ça. Quand on commence à crier au loup…

— Qu'est-ce que tu veux dire ?

— Tu dois être au courant : depuis une semaine, les gamins fantasment sur une équipe de flics en voiture noire qui rôderait la nuit dans la cité. Mais tu sais, j'en entends de belles depuis que j'ai ouvert boutique. Une fois, c'est toute une équipe de terroristes iraniens qui s'entraînent au bazooka derrière la gare routière, une autre fois c'est un ovni qui a atterri sur le toit d'une maison… Au printemps dernier, on aurait même vu un dinosaure dans le parking[1]. Alors moi... »

Kropcèk se gratta la moustache pendant que Freddy Giudicelli partait vers un autre point de la salle, son plateau sous le bras. En douce, il sortit de sous sa veste une flasque dont il versa une partie du contenu dans sa tasse de café. Puis il se prépara à attendre, en tendant l'oreille. Mais neuf heures arrivèrent, puis neuf heures et demie, sans qu'il ait appris quoi que ce soit – et surtout sans qu'il ait vu se pointer les trois jeunes avec qui il avait rendez-vous. Il en fut très désappointé. Ils lui étaient sympathiques, ces gamins. Mais les gosses, c'étaient les gosses...

À dix heures moins le quart, il se décida à quitter les lieux. Frantislav Kropcèk habitait les Trembles, une barre située assez loin derrière les Acacias. Comme à l'ordinaire, il en fit le tour avant de monter. Alors qu'il se hâtait, dos courbé, à l'arrière du bâtiment, une lumière bleue qui se déplaçait à l'extrémité du terre-plein, vers l'ouest, attira son attention. Une patrouille de collègues ? À cette heure, ce n'était pas dans les habitudes. Alors, se pouvait-il que...

1. *Le Parking mystérieux*, Éditions Magnard.

L'îlotier plissa les paupières mais, à cause de la neige et de ses mauvais yeux, il ne pouvait rien distinguer d'autre que ce lumignon mouvant, qui ne tarda d'ailleurs pas à disparaître derrière le pan d'un autre bâtiment. Alors il se résolut à regagner son deux-pièces, empli de la sensation désagréable qu'il avait failli à son devoir...

L'absence de Fabien et des autres avait une raison, et cette raison s'appelait Christophe M'bonga, le frère aîné de Ludo. Revenant d'une mission qui l'avait conduit à l'autre bout du département, Christophe était tombé sur Kofi, qui le cherchait depuis la veille et qui lui avait tout raconté dans la cage d'escalier de sa montée. Christophe, trop vieux pour se tenir au courant des racontars de la cité, commença par en rire. C'est vrai, on n'avait pas vu son petit frère à la maison depuis un jour ou deux. Mais ce n'était pas la première fois...

« Je te *reuju*, Chris, c'est pas des embrouilles. Ils ont eu aussi Merzouk, même qu'on en a parlé aux infos de la 6 ! »

Finalement, Christophe se laissa convaincre et accepta de passer par les Vignes pour prendre Chafia et Fabien au passage.

Fabien faillit avoir sa première crise d'asthme depuis bien longtemps quand, un peu avant huit heures et demie, sa mère, qui était allée ouvrir la porte où l'on avait sonné, revint avec Chafia.

« Salut ! attaqua sa voisine du dessous. Je suis venue te chercher. Tu n'as pas oublié qu'on a répèt', j'espère ? »

Tournant le dos à Cristelle, Chafia lui envoya un clin d'œil à renverser tout un régiment. Cinq minutes plus tard, les oreilles encore bourdonnantes des recommandations maternelles, il se retrouvait sur le palier en compagnie de la Princesse. Il n'eut pas l'occasion de la remercier pour le prétexte en or qu'elle lui avait fourni pour se dépêtrer de la surveillance maternelle, moins encore de lui glisser à l'oreilles des mots doux qu'il aurait de toute façon été bien incapable de prononcer : dans l'ascenseur, coinçant la porte avec son pied, attendait Kofi, qu'accompagnait un Noir qui emplissait tout le fond de la cabine.

Christophe M'bonga avait vingt et un ans et travaillait comme convoyeur de fonds. Il ressemblait fort à son cadet, en plus grand et plus gros encore, au moins un mètre quatre-vingt-dix pour cent kilos. Au bas de la tour, Chafia s'excusa : elle avait réellement une répétition, Khaled l'avait tannée pour qu'elle y participe, sinon il laissait tout tomber, elle ne pouvait pas refuser. L'âme chavirée, Fabien la vit se hisser sur ses talons pour déposer une bise claquante sur la joue d'un Kofi aussi étonné que ravi, avant de partir sous la neige de sa démarche dansante. Les quelques mots qu'il prononça écorchèrent au passage sa gorge trop sèche.

« On va rejoindre Kropcèk ?

— Pas question ! gronda Christophe. Il s'agit de mon frangin. C'est à moi de régler cette histoire… »

Le colosse, d'un geste bref, ouvrit le haut de son caban, dévoilant la crosse d'un revolver qui n'était sûrement pas d'alarme. Kofi et Fabien, après avoir échangé un regard plutôt admiratif chez l'un, plutôt effrayé chez l'autre, suivirent Christophe jusqu'à sa voiture, une « Sport » flambant neuve qui attendait en bordure du parking.

« En route ! ordonna le convoyeur. On va les trouver. Même s'il faut y passer la nuit. »

Ils n'eurent pas à le faire. Ils repérèrent la voiture noire au bout de moins d'une heure de patrouille. Cette fois, elle n'était ni aux abords du chantier où Merzouk avait perdu la vie, ni vers l'ancienne biscuiterie. Elle se trouvait à l'autre extrémité de la commune, au nord-est, dans un quartier un peu plus cossu que l'ensemble de la cité, la ZOP – Zone d'occupation prioritaire. Là, quelques entreprises, pour la plupart électroniques, y avaient posé leur sucre aux vitres fumées entre des champs, cultivés ou pas, et de rares maisons particulières, habitées ou pas. Mais, en cette soirée de neige, la ZOP n'était qu'un désert blafard où nul animal à deux ou quatre pattes ne se serait hasardé.

Sauf Christophe et ses guides, sauf ceux de la voiture noire. C'est Christophe, justement, qui, grâce à son œil professionnel, aperçut de loin la singulière lueur bleue que Kofi lui avait décrite comme « une flamme de Butagaz ». Il rétrograda, éteignit ses phares, passa la première et, tandis que ses compagnons, crispés sur le siège arrière, retenaient leur souffle, il continua de rouler pendant une centaine de mètres avec une lenteur plus que circonspecte et sans que son moteur ne poussât le moindre grognement. Puis Christophe déboîta et vint se ranger sous l'auvent d'une ancienne station-service à moitié démantibulée, derrière un rempart de conteneurs rouillés. Là, il coupa le contact.

La voiture noire se trouvait de l'autre côté de la rue, à moins de vingt mètres vers l'avant. Elle était immobile. Fabien et ses compagnons s'en étaient rendu compte presque immédiatement mais, jusqu'alors, le véhicule n'avait rien été d'autre qu'une tache de lumière floue vue à travers le rideau de perles de la neige. De près, elle apparaissait dans toute sa redoutable étrangeté, sombre bloc aux lignes raides, baignée de l'intérieur d'une luminescence d'aquarium.

« C'est bien elle ? » murmura Christophe.

Sans attendre de réponse, il ajouta :

« Vous avez raison, cette tire n'est pas normale. Vous avez remarqué ? »

Fabien et Kofi mirent plusieurs secondes à comprendre le sens de la réflexion. La voiture noire aurait dû être recouverte d'un tapis de neige. Or, son toit comme son capot restaient d'un beau noir luisant, vernissé d'humidité grasse. Comme si… comme si la carrosserie du véhicule mystérieux absorbait la neige ou rayonnait d'une chaleur suffisante pour la faire fondre à mesure.

Les trois observateurs demeurèrent un quart d'heure peut-être aux aguets, abîmés dans une fascination silencieuse. Puis Christophe se remua, ouvrit sa portière.

« Je vais voir, murmura-t-il. Il n'y a personne dans cette bagnole, c'est évident… »

Lorsque Fabien et Kofi voulurent protester, c'était trop tard, Christophe était sorti. Ils le virent courir vers l'autre bord de la rue, puis progresser vers l'avant par petits bonds, avec une agilité de chat surprenante pour sa masse. Lorsqu'il ne fut plus qu'à trois ou quatre mètres de la voiture noire, le convoyeur avait son revolver en main.

Fabien serrait les poings à en avoir mal aux phalanges lorsque Christophe M'bonga se mit en devoir de faire le tour du véhicule, cognant du poing sur la carrosserie. Il parut vouloir tenter d'en ouvrir les portières mais, autant qu'il était possible de s'en rendre compte à cette distance, elles ne possédaient pas de poignées.

Christophe se tourna vers les deux garçons, son visage massif coiffé d'une casquette de cuir, marbré par la lumière bleue. Il leva les mains, désigna du canon de son arme les bâtiments obscurs qui se trouvaient en deça, ceux d'une entreprise quelconque, et tourna le dos. Fabien et Kofi frottèrent frénétiquement les vitres pour en effacer la buée qu'ils dégageaient, y collèrent leur nez. Peine perdue. Christophe avait disparu entre deux cubes obscurs, avalé par la lente tourmente de neige.

« Qu'est-ce qu'il est allé chercher, ce glandu ? Il va pas nous laisser seuls, quand même ! » glapit Kofi deux ou trois notes plus haut que son ton habituel.

Fabien s'abstint de répondre. Cinq minutes, puis dix s'écoulèrent, signalées par les chiffres vert cru qui défilaient sur l'horloge du tableau de bord. Les deux copains commencèrent à se taper sur les épaules et les cuisses, autant à cause du froid qui s'infiltrait que pour calmer leur nervosité à fleur de peau.

Ce fut Kofi qui craqua le premier.

« J'en en *reuma*. Je sors… »

Il ouvrit sa portière d'une bourrade. Fabien n'hésita qu'un instant avant de le suivre. Il ne savait pas encore que cette décision allait leur sauver la vie.

Christophe M'bonga, revolver au poing – son arme de service, un Magnum à barillet – s'enfonça dans le périmètre de l'entreprise Mechanic' devant laquelle la voiture noire était garée. Il se disait que ses occupants, qui qu'il fussent, avaient pu y pénétrer pour un mauvais coup. Tout était silencieux et les lieux étaient bien évidemment déserts, sauf un endroit signalé par une lumière qui brillait loin devant lui à travers les flocons. La maison du gardien, une habitation particulière située derrière l'entreprise ? Il verrait bien.

Christophe progressait lentement, avec sa prudence habituelle, se servant de chaque angle pour se dissimuler et repartir. Cette marche en zig-zag lui prit longtemps avant qu'il ne parvienne devant la petite baraque à un étage isolée en bordure du terrain. La lumière venait bien de là, plus exactement du rez-de-chaussée. Mais quelque chose, dans cette maisonnette tranquille, n'allait pas. La porte. Elle était ouverte.

Arme levée, progressant avec des précautions de chat qui s'approche d'un lézard dans l'épais molleton de neige fraîche où ses bottes s'enfonçaient, le convoyeur alla se pencher contre la fenêtre de la pièce éclairée. Elle donnait sur une salle à manger banale, vide de toute présence humaine. Il appela à mi-voix. Personne ne lui répondit.

Christophe griffa de sa main libre le bas de sa nuque où, malgré son col relevé, un flocon était venu atterrir, lui jetant dans les nerfs la sensation qu'une main glacée s'était refermée sur son cou. Agacé, et en même temps empli d'un sourd malaise qu'il ne parvenait pas à chasser, il commença à faire le tour de la maison. Il venait d'en atteindre la face opposée quand, dans son dos, un crissement de neige écrasé le fit se retourner d'un bond.

Dans la nuit blanche, deux silhouettes venaient vers lui. Pendant une seconde ou deux, il crut qu'il s'agissait de Fabien et Kofi, qui l'auraient suivi. Mais non. Les silhouettes étaient bien trop hautes, c'étaient celles d'adultes de sa taille, peut-être même plus grands. Oh ! oui… nettement plus grands. Ceux qui s'approchaient étaient des géants.

Christophe leva son arme, mais il dut avaler un bouchon de salive collante avant de pouvoir crier :

« N'avancez pas… Un pas de plus et je tire ! »

La semonce n'eut aucun effet. Les géants étaient maintenant à moins de dix pas de lui et, pourtant, Christophe ne parvenait pas à distinguer leurs traits, pas même la forme de leurs vêtements. Il n'avait en face de lui que deux ombres intensément noires en marche.

Son index se courba contre la détente du Magnum sans qu'il l'ait vraiment voulu. Il tira, et tira encore.

Fabien et Kofi se glissèrent le long des conteneurs empilés, puis se faufilèrent sous la carcasse de ce qui avait dû être un atelier de réparation au toit disloqué. Au moins, ils restaient à l'abri de la neige. Ils s'accroupirent juste en face de la voiture noire, serrés l'un contre l'autre, cachés entre un pan de tôle plié en angle et des tonneaux renversés. Le coup de coude de Kofi faillit faire crier Fabien, mais la main de son compagnon vint le museler.

Derrière eux, une vingtaine de mètres plus bas, deux silhouettes se tenaient à côté de la voiture de Christophe. D'où étaient-elles arrivées ? Mystère. Sous l'auvent du garage, elles n'étaient que des ombres se mouvant avec lenteur, dans un silence total. Fabien sentit les ongles de Kofi s'enfoncer dans son épaule à travers quatre épaisseurs d'habits quand les deux silhouettes s'écartèrent du véhicule et apparurent dans la pénombre brouillée de la rue.

« Les saddams… » souffla Kofi.

Fabien grimaça tant l'haleine de son compagnon était aigre. Plantées au milieu de la rue, les deux ombres semblaient immenses, toutes noires. Elles se baissèrent d'un même mouvement, parurent inspecter le sol neigeux avec attention avant de se remettre en marche dans leur direction. Fabien comprit ce qui était en train de se passer : les occupants de la voiture noire avaient remarqué les traces non encore comblées laissées par Christophe. Ils les suivaient.

Les deux garçons ne formaient qu'un seul bloc de peur lorsque les deux ombres passèrent à leur hauteur. Leur cœur faisait dans leur poitrine un vacarme si énorme qu'il était impossible que les hommes noirs n'entendissent rien. Pourtant, ils continuèrent leur chemin sans tourner la tête. Avec une sensation de dédoublement hallucinante de précision, Fabien se retrouva deux jours plus tôt, au cinéma, devant une séquence de *La Terreur vient de l'espace.* Celle où Bob, le héros de l'histoire, se retrouvait brusquement, dans une ruelle sombre, en réalité une voie sans issue, face aux aliens dont on voyait pour la première fois les faux métalliques prolongeant leurs bras et la bouche garnie de dents de requins.

Sauf que, maintenant, Fabien se trouvait à l'intérieur du film…

Les hommes en noir n'était pas des hommes. Ils mesuraient plus de deux mètres et avaient un poids en conséquence, car leurs pieds creusaient dans la neige de véritables entonnoirs d'où s'élevait un nuage de vapeur grésillante. Ce phénomène prouvait que leur température devait être de plusieurs degrés supérieure à la normale : pas plus que sur leur véhicule, la neige n'avait aucune prise sur eux.

Les créatures en noir étaient effectivement noires des pieds à la tête. Portaient-elles une sorte de combinaison étanche assemblée en plaques articulées, ou possédaient-elles un épiderme cuirassé semblable au cuir de rhinocéros ? La question était de peu d'importance. Le plus terrible, le plus terrifiant chez ces êtres non humains était leur visage. Fabien, blotti sous son abri de tôles, n'eut l'occasion de l'observer que quelques brèves secondes. Mais ces secondes-là, il en eut conscience, resteraient imprimées sa vie entière dans son esprit.

Le cuir laissait place, entre le menton et le haut du crâne, à un semblant de figure aux arêtes grossières qui aurait pu être taillé dans la pierre. Les êtres ne possédaient pas d'oreille, leur bouche n'était qu'une entaille sans lèvre ouverte au rasoir, leur nez deux fentes semblables à des ouïes de poisson, leurs yeux des points jaune soufre enfoncés sous des arcades proéminentes. La peau était grisâtre, ravinée, une peau de vieil éléphant. Les créatures avaient un visage de momie.

Elles tournèrent le dos, les garçons transis les virent s'enfoncer entre les deux blocs parallèles de l'entreprise, suivant le chemin qu'avait pris Christophe. Lorsque les coups de feu retentirent, étouffés par la distance et la neige mais parfaitement identifiables, Fabien et Kofi auraient été incapables de mesurer le temps écoulé : ils étaient restés paralysés, muets, presque sans pensées. Les détonations lointaines, trois ou quatre, les sortirent

de leur léthargie, mais ils ne purent rien faire d'autre que se regarder dans le blanc des yeux et échanger la buée de leur souffle oppressé. Et lorsque les deux créatures se redessinèrent dans le halo de lumière bleue émanant de leur véhicule, ils ne bougèrent pas d'un centimètre.

Les *aliens* se positionnèrent de chaque côté de la voiture. Sans qu'ils aient fait un geste les portières s'ouvrirent, ce qui eut pour effet de déverser à l'extérieur une lumière si intense – l'eau de l'aquarium ! – que Fabien et Kofi furent obligés de fermer les yeux. Quand ils rouvrirent leurs paupières engluées de larmes, la voiture noire démarrait. Ils la virent prendre de la vitesse avec le grésillement d'insecte qui la caractérisait, elle ne fut plus qu'une fluorescence électrique dans la perspective de la rue, et plus rien.

Fabien se massa les joues et le front, comme s'il sortait d'un long sommeil de maladie. Avant que les créatures ne disparaissent, il avait remarqué quelque chose d'étrange. Leur visage. Il avait changé. Leurs yeux n'émettaient plus une pâle lueur soufrée mais une ardente lumière vermillon. Et leur peau n'était plus si ridée. Elle s'était raffermie, était devenue plus pleine, d'une couleur qui n'était plus un gris terne mais un vif orangé.

Ils trouvèrent Christophe allongé derrière la maison au rez-de-chaussée éclairé. Après une nouvelle période de temps qu'ils n'avaient pas cherché à comptabiliser, et une fois la panique paralysante en partie évacuée de leurs cellules, ils s'étaient décidés. En devinant d'avance ce qu'ils allaient trouver.

Ils ne s'étaient pas trompés. Le corps de Christophe était déjà recouvert de neige mais, une fois qu'ils l'eurent dégagé, ils ne purent que constater presque sans surprise le résultat du contact avec les monstres : la peau nettoyée de sa pigmentation au point d'en être quasiment blanche, le corps vidé de sa chair, flottant dans des vêtements devenus trop grands.

Le visage momifié des créatures, redevenu lisse et coloré après leur repas, réapparut dans l'esprit de Fabien. Une expression souvent entendue dans la bouche de sa mère résonna dans sa tête : *saigné aux quatre veines*. Christophe avait été saigné aux quatre veines. Il avait été mangé de l'intérieur, les créatures s'étaient nourries de lui comme elles s'étaient nourries des autres habitants de la cité qui avaient disparu et qui étaient morts pour être tombés entre leurs mains.

D'où qu'ils soient venus, les monstres étaient des sortes de vampires, des buveurs de vie.

6
Samedi soir

FABIEN était seul chez lui quand, un peu après neuf heures du soir, le téléphone sonna.

Sa mère était sortie, elle avait même prévenu qu'elle rentrerait tard. Sa soirée du samedi – c'était une coutume qui ne souffrait pas d'exception depuis des mois – était réservée à son François. Cristelle Caprioli avait travaillé dur, comme toujours en fin de semaine. Elle n'était rentrée que pour se doucher, se changer, se « faire belle ». Les événements de la veille et l'agitation qui avait secoué le quartier une bonne partie de la journée lui avaient donc totalement échappé. Surtout, elle ignorait que son cher petit y avait été mêlé de façon étroite. Elle l'ignorait tout simplement parce que Fabien ne lui en avait rien dit.

Le corps de Christophe M'bonga et celui d'un certain Marcel Vacher, retraité, avaient été découverts dans la matinée. L'information avait circulé. Résultat : plusieurs voitures de police, certaines du quartier, mais d'autres venant de Paris – la « Crim' », murmurait-on – s'étaient montrées dans le quartier, tandis que les flics avaient commencé à poser des questions. Quelques journalistes de la presse locale et même une voiture de la télévision rôdaient dans la cité.

Fabien et Kofi, la veille au soir, avaient abandonné le malheureux Christophe et sa voiture pour faire à pied, sous la neige, les quatre ou cinq kilomètres qui les séparaient de chez eux. Ils n'avaient rencontré personne, ni humain, ni... – mais ils ne voulaient surtout pas penser à ce qui pouvait se cacher derrière ces points de suspension.

Ils s'étaient séparés sur quelques mots hâtifs, trop choqués encore pour échanger de longs discours. Mais, le samedi matin, en se retrouvant à l'angle du parking, l'esprit un peu plus net et leur grande trouille remisée dans un coin verrouillé de leur mémoire, ils avaient décidé qu'ils ne pouvaient pas se taire, que la chose était trop grave. Et, faisant sauter l'école – pour Fabien, c'était une première –, ils s'étaient rendus chez Kropcèk.

Le vieux bonhomme les écouta en dégustant son petit déjeuner : du pain, des sardines et des olives accompagnés de vin chaud. Avec son maillot de corps et ses épaules couvertes de poils gris, il ressemblait à un grand-père de la campagne pas très bien réveillé. Pourtant, les deux garçons se rendirent vite compte que Kropcèk savait leur faire préciser les points importants et revenir sur des détails. Même s'il ne les croyait pas tout à fait, le vieil homme les prenait au sérieux.

« Nom d'un chien, si j'avais été là… » grogna-t-il en se levant.

Il alla décrocher son téléphone. Les garçons l'entendirent expliquer – à un gradé, certainement – que, selon une information confidentielle, un ou plusieurs corps pourraient être trouvés derrière l'entreprise Mechanic', et qu'il serait bon d'y envoyer d'urgence une patrouille. Lorsque le téléphone sonna, une demi-heure plus tard, Fabien et Kofi le virent écouter avec attention, hochant gravement la tête. Parfois, ses yeux enfouis entre deux lourdes paupières venaient se fixer sur eux. Mais, à leur intense soulagement, leur nom ne fut pas prononcé.

« Il va falloir que j'aille au commissariat. Normalement, je devrais vous y emmener comme témoins. Mais d'un autre côté, à ce stade de l'affaire, j'aimerais autant que vous ne parliez pas de monstres de l'espace et de buveurs de vie. Mes supérieurs risqueraient de ne pas apprécier. Disons que, pour l'instant, vous restez motus. Mais vous vous considérez aussi comme tenus à tout moment d'apporter votre concours à la police. Alors, rentrez chez vous et ne faites surtout pas de bêtises…

Pourtant, des bêtises, Kofi ne put s'empêcher d'en faire…

La première fut, malgré les promesses faites à Kropcèk, de tout raconter à Chafia, qu'il avait retrouvée au Bolobo en milieu d'après-midi. Pas peu fier, Kofi ! Jusqu'à présent, Chafia n'avait été pour lui qu'une fille comme une autre, croisée de temps en temps. Et voilà que, depuis quelques jours, depuis les « événements », elle semblait lui manifester... hum – un certain intérêt. Aussi, c'est en buvant un Pepsi, les yeux dans les siens, que Kofi déballa tout.

« Wouahou... fit Chafia en gonflant les lèvres. Si on les arrête pas vite fait, on est mal ! Les *keufs*, *relous* comme ils sont, ils vont mettre des années, c'est sûr. Dis... tu te rends compte la gloire, si on trouvait avant tout le monde où ils se cachent, ces vampires ? »

Kofi, qui planait sur un petit nuage, mordit avec voracité dans l'appât. Chafia partie à sa répétition, il quitta à son tour le café et, son bonnet au ras des yeux, s'enfonça dans la nuit qui s'épaississait. La neige avait cessé. Kofi n'avait pas de plan précis, bien sûr. Quand même, puisque la chance l'avait déjà à deux reprises mis sans dommage en présence de la voiture noire, ce pouvait bien arriver une troisième fois. Ensuite, il serait temps de téléphoner à Kropcèk et à tous les flics de la Terre.

Une fois arrivé à la limite des zones habitées, il hésita. Puisque les occupants de la voiture semblaient choisir chaque soir un quartier différent, autant continuer vers la bretelle d'autoroute. Au-delà, il y avait des champs, un campement de gitans, quelques rares fermes. Ce pouvait être un terrain de chasse favorable aux buveurs de vie…

Cette simple réflexion déclencha un raz-de-marée de chair de poule qui fit crépiter la peau de sa nuque et de ses bras. L'image des yeux charbonneux et des lèvres bien rouges de Chafia suffit pourtant à le pousser en avant. Il s'infiltra sous le pont de l'autoroute, se retrouva au seuil d'une étendue plate qui, passé le reflet orange des lampes au sodium éclairant la chaussée, se perdait dans une obscurité compacte. Sous les semelles de ses Reebook, la neige faisait un bruit de coquilles d'œuf écrasées. Lorsqu'il aperçut la familière lueur bleue trouant l'obscurité devant lui, il aurait pu se réjouir de sa perspicacité. Il manqua plutôt être submergé par un nouveau flux de chair de poule. Mais, Chafia murmurant à son oreille « Tu imagines la gloire ? », il continua d'avancer. En un éclair, il revit le gros revolver dans la main crispée de Christophe. Il n'avait pas osé y toucher. Tant pis.

La lumière ne venait pas de la voiture, mais d'une sorte de bâtiment posé au milieu d'un champ. C'est ce que lui révélèrent ses yeux lorsqu'il ne fut plus qu'à une centaine de mètres, agenouillé derrière une haie réduite à un entrelacement de branches crépies par la neige. Le bâtiment avait la forme d'un simple cube, du même métal noir que la voiture et qui lui parut énorme – au moins dix mètres d'arête. La lumière venait d'une mince ouverture rectiligne, creusée dans la paroi aux trois quarts de sa hauteur et faisant apparemment le tour du bâtiment.

Pour Kofi, il ne pouvait y avoir aucun doute : il avait découvert le repaire des vampires ! Son cœur cognait. La gloire l'auréolait. Restait maintenant à prévenir les flics. Mais comment ? Avec prudence, il recula en direction de l'autoroute. Miracle, après quelques centaines de mètres, ce qu'il avait espéré trouver se détachait en contrebas du remblai, à côté d'un petit chemin de desserte. Une cabine téléphonique, que signalait l'amicale lumière jaune de son éclairage. Il s'y précipita, décrocha le combiné, enfourna dans le boîtier la carte empruntée au portefeuille de son père. Son index s'approcha des touches, s'immobilisa. Il ne se souvenait plus du numéro de la police – à supposer qu'il l'ait jamais su. Celui de Kropcèk ? Il ne le savait pas non plus.

Restait Fabien. Le sien, il connaissait. Il eut un léger pincement de remords en pensant qu'il avait délibérément laissé de côté son jeune pote Toubab pour ne pas l'avoir dans les pattes…

Un reflet bleu argent jouant contre les vitres le fit instantanément se replier sur les genoux. Le nez dépassant tout juste de la base en métal de la cabine, il vit la voiture noire, arrivant de nulle part, glisser sur le tapis de neige et filer vers le cube. Lorsqu'elle l'atteignit, un rectangle d'intense lumière se découpa à la base de la construction et avala le véhicule. La voiture des vampires était rentrée dans sa base !

Alors seulement Kofi put faire son numéro.

« Caprio ? souffla-t-il. C'est Kof. Écoute bien ce que je vais te dire… »

Fabien laissa retomber le combiné, encore sous le coup de ce qu'il venait d'entendre. À l'autre bout du fil, la voix de Kofi était si précipitée et chuchotante qu'il avait dû lui faire répéter une phrase sur deux. « Le dingue ! » cracha-t-il. Mais ce fut plein d'une inquiétude grosse comme une maison qu'il enfila sa doudoune et se précipita dehors.

Comme il s'y était attendu, il trouva Kropcèk au Bolobo. Le vieux flic était en compagnie de Chafia. Il souffla :

« C'est Kofi ! »

Il fallut dix bonnes minutes avant qu'une voiture de patrouille, la seule que Krop avait pu joindre, ne s'arrête en patinant devant le café. L'îlotier dut argumenter un bon moment encore, sous le regard éberlué des deux agents, avant d'être entendu. Fabien et Chafia se tassèrent avec lui sur la banquette arrière, la voiture démarra dans le hululement de sa sirène en direction du nord.

Lorsque la main s'abattit sur son épaule et s'y referma comme une serre d'oiseau de proie en faisant craquer des os, Kofi fumait une cigarette. Il était sorti de la cabine, il grelottait, il tentait de se réchauffer en remplissant ses poumons de fumée. Une bouffée d'air accompagnée d'un cri rauque jaillit de sa bouche. La cigarette, propulsée en avant, traça un joli sillon rouge dans l'air avant de se ficher dans la neige. La bouche grande ouverte, Kofi tourna la tête et leva les yeux. Mais il savait bien ce qu'il allait voir.

Le saddam, le vampire, le buveur de vie, l'étranger le surplombait de toute sa taille. Sous les arcades pierreuses, le regard fixe et jaune ne reflétait pas le moindre sentiment humain, non plus que l'ensemble de la face couturée, semblable à celle du monstre de Frankenstein dans un vieux film.

Kofi se sentit poussé en avant dans la direction du cube noir, le repaire des monstres. Malgré lui, ses jambes durent battre la mesure pour suivre les enjambées du géant. Il ne tenta même pas de se débattre. Ç'aurait été totalement inutile. Ce qui l'agrippait, moins une main qu'une pince articulée, un organe d'insecte caparaçonné de chitine, avait la fermeté de l'acier.

« M'sieur… M'sieur, s'il vous plaît… » émit Kofi au bord des larmes.

De la bouche du monstre, cette entaille au rasoir ouverte dans la peau grise, tomba un hideux gargouillis empli de sons heurtés – ce qu'aurait pu produire une soupe garnie de clous rouillés bouillant dans une marmite de cuivre. Dans l'état de panique où il était plongé jusqu'à l'occiput, Kofi eut conscience que l'être lui répondait dans sa

TE

langue… Mais ce qu'il disait, il était bien heureux de ne pas le comprendre, même s'il s'en doutait un peu.

En marchant, le vampire produisait un bruit de vieux bois qui craque. Sans doute les plaques de sa combinaison (ou de sa peau de rhinocéros) qui coulissaient les unes sur les autres. Et il exsudait une odeur bizarre, fade mais écœurante, dont la meilleure analogie aurait été le contenu d'un seau d'eau sale où croupit une vieille serpillière. Le cube noir se rapprochait. Cette fois Kofi se débattit, rua, son poing heurta le flanc du monstre, sur lequel il rebondit avec un subtil crépitement, comme s'il avait heurté une surface parcourue d'un léger courant électrique.

Le visage de l'être était encore plus terne, plus raviné que lorsqu'il lui était apparu. Alors qu'il le regardait, il vit distinctement une large et sombre crevasse se former entre la joue et les fanons du menton. Le vampire se délitait. Il perdait toute son énergie, toute sa force vitale. Pour la retrouver, il devait se nourrir. Il devait boire une vie. Et Kofi savait bien laquelle. *Au secours !* pensa-t-il crier. Sa voix demeura à l'intérieur de sa gorge. Le cube était à moins de cinquante pas, un vertical filet d'incandescence creusa la paroi qui lui faisait face. La porte s'ouvrait.

Au secours !

L'appel silencieux de Kofi fut entendu. Un grognement de moteur enfla sur la plaine glacée, les ombres mêlées de son ravisseur et la sienne propre jaillirent sur le parterre de neige, poussées par une flaque jaune qui coulait dans leur dos. Des phares. Kofi entendit des claquements de portières, puis une voix grossie par un mégaphone qui hurlait :

« Police ! Arrêtez-vous, lâchez immédiatement votre prisonnier ou nous tirons ! Je répète, et ce sera la dernière sommation : arrêtez-vous… »

La serre mollit sur l'épaule de Kofi. D'une bourrade désespérée, il se dégagea, prit son élan, bondit en avant. Son pied se tordit dans une déclivité glissante, il s'étala. Les coups de feu éclatèrent à cet instant, si nombreux, si rapprochés qu'ils lui parurent tirés à bout portant dans ses tympans. Il redressa la tête. À moins de dix mètres, dessinés en ombres chinoises par les phares de leur voiture, trois policiers, dont Kropcèk, bien reconnaissable à son embonpoint, tiraient à bras tendu. Le vampire s'était retourné, il leur faisait face. Kofi put distinguer les larges trous que faisait chaque balle pénétrant dans la poitrine du monstre, et les fumerolles qui s'en échappaient en chuintant. Mais la créature ne bougeait pas, ne tombait pas.

Kofi se dévissa la tête, sa joue râpant la neige. Là-bas, la porte du cube était maintenant grande ouverte. Et deux… non, trois silhouettes s'encadraient dans l'intense lumière blanc-bleu. L'être atteint par les balles commença à fumer, la puanteur de vieille serpillière s'intensifia, combinée à un relent d'acide suffoquant. Les policiers avaient cessé de tirer. Dans l'encadrement de la porte, les silhouettes reculèrent, se fondirent à la lumière. Le vampire blessé, toujours immobile et debout, rejeta un nuage floconneux qui, en sifflant, monta droit vers le ciel. Il sembla se recroqueviller, se tasser, perdre de sa substance. En quelques secondes, sa colossale stature ne se devina plus que comme un ensemble de lignes légèrement fluorescentes à travers la fumée charbonneuse. Sur le flanc du cube, la porte rétrécissait. Avant qu'elle ne fût complétement refermée, une ombre en jaillit, qui se mit à courir dans la direction de la voiture de police. Elle passa à côté de Kofi, qui était en train de se relever. Sans en croire ses yeux, il reconnut Ludo.

Tout de suite après, un choc lui ébranla la poitrine et des mains se refermèrent sur ses épaules, de toutes petites mains qui n'avaient rien à voir avec celles du monstre – les mains de Chafia. Princesse Beurette riait et pleurait tout à la fois. Elle répéta sans pouvoir s'arrêter :

« Tu veux me faire mourir, hein ?... Tu veux me faire mourir ! »

Kofi n'eut pas le courage, et sans doute pas la présence d'esprit, de lui répondre que celui qui avait failli mourir, c'était lui. Les policiers l'entouraient, et Fabien, qui faisait une drôle de tête. Même Ludo avait stoppé sa course et revenait vers le groupe. Son visage était si pâle, couvert de givre aurait-on dit, qu'il avait maintenant tout à fait l'air d'un fantôme.

Un souffle froid dans son dos poussa Kofi à se retourner, Chafia toujours cramponnée à ses épaules. Des exclamations retentirent. La base du cube s'était illuminée, non pas de l'habituelle incandescence bleu turquoise, mais d'un vert émeraude éblouissant. Un choc sourd ébranla l'atmosphère, le sol frémit sous les pieds des assistants médusés. Et le cube s'éleva. Poussé par la flamme verte sans chaleur, il s'arrachait du sol, montait vers le ciel à une vitesse sans cesse accélérée. Kofi et Fabien échangèrent un regard qui n'avait pas besoin de mots pour en dire long. Ils venaient de se souvenir de l'empreinte brûlée dans la cour de la biscuiterie, de l'éclair, du grondement dont ils n'avaient pu deviner la source. Le cube n'était pas seulement le repaire des monstres, c'était aussi leur vaisseau. Les buveurs de vie s'en allaient. Le cube fut très vite invisible. À la verticale de leur tête, les témoins virent encore flotter une lueur décroissante qui émit une dernière étincelle diffractée avant d'être avalée par le plafond des nuages, au milieu de l'écho faiblissant du tonnerre.

« Ben ça alors… » laissa fuser un des policiers.

Son exclamation ne visait pas la fuite du vaisseau cubique, mais une vague tache noirâtre dans la neige : tout ce qui restait du vampire parti en fumée.

Lorsqu'une deuxième, puis une troisième voiture de police déboulèrent de l'autoroute, il n'y avait depuis longtemps plus rien à voir.

7
Dimanche

« ALLEZ ! allez ! on saute… on saute ! »

Inaltérable, Khaled tapait dans ses mains. En réponse, quelques paires de talons frappèrent en cadence le plancher de l'estrade, soulevant l'habituel nuage de poussière.

Dès dimanche après-midi, les répétitions du *Dernier Cercle* avaient repris. Et, côte à côte, Fabien, Kofi et Ludo sautillaient. Même Ludo, oui, Ludo revenu du territoire des ombres, revenu de *l'autre côté*, comme il se plaisait à le dire avec un sourire encore un rien crispé.

« À toi, Chafia, à toi… » criait Khaled.

Chafia, en Princesse Beurette à blouson doré, surgit de derrière le rideau de scène. Fabien ne put ignorer le sourire qu'elle adressa à Kofi, ni le clin d'œil que son copain lui rendait. Son cœur ne fit qu'un tout petit bond avant de reprendre son rythme normal. Chafia et Kofi se plaisaient bien. Et alors ? Il n'allait pas être jaloux, quand même ! Chafia n'avait été qu'un rêve vite effacé. D'ailleurs elle était bien trop grande pour lui. L'essentiel restait que, avec cette histoire incroyable, il avait gagné un vrai ami.

« Ça alors ! Prince Vaillant est de retour… Quel honneur ! »

L'exclamation de Khaled immobilisa toute la troupe. Qui arrivait, vêtu de cuir fauve et perché sur les talonnettes de ses boots ? Nul autre que Nordine, que tout le monde avait cru…

« Zarma ! T'es pas *reumo, oit* ? » souffla Rachid, résumant l'impression générale.

Nordine s'immobilisa devant l'estrade, sortit un peigne d'une poche et commença à lisser en arrière ses longs cheveux noirs et bouclés. Plusieurs bagues brillaient aux doigts du jeune premier. Pour n'avoir pas changé, sûr qu'il n'avait pas changé !

« Eh quoi ? fit-il de sa voix chantante. Pourquoi je serais mort ? Qu'est-ce que vous avez tous à me regarder comme ça ?

— Ben... tu avais disparu, bredouilla Khaled. Alors on pensait...

— J'avais pas disparu ! Disons qu'il m'est arrivé une petite embrouille qui ne regarde personne. J'ai préféré prendre le large quatre ou cinq jours. Je ne suis revenu que cette nuit. Maintenant, si quelqu'un veut bien m'expliquer pourquoi le bled est sens dessus dessous, j'aimerais ! »

Au milieu des rires, dix mains se tendirent vers Nordine pour le hisser sur la scène.

Sens dessus dessous, le « bled » ne le resterait sûrement pas longtemps. La police continuerait de tourner et d'interroger les rares témoins, des autopsies seraient effectuées sur les corps retrouvés, les journalistes se lasseraient vite, appelés par un autre fait divers, un autre drame tout aussi passager. Mais cette agitation rituelle prouverait quoi, expliquerait quoi ?

Les visiteurs étaient repartis comme ils étaient arrivés, crachés puis avalés par la nuit de l'espace. D'où venaient-ils ? Certainement de très loin, un autre système solaire, pourquoi pas une autre galaxie... À moins que leur habitat naturel n'ait été l'espace. Ce qui paraissait certain, c'est que les monstres appartenaient à une race errante, qui se nourrissait de la vie. Des prédateurs, peut-être des créatures en voie d'extinction, qui n'avaient d'autre solution pour survivre que boire la substance vitale de leurs proies.

Pendant une semaine, leur terrain de chasse avait été une cité de la grande banlieue grenobloise. Où étaient-ils allés chercher d'autres victimes ? Dans les favellas de Rio, la forêt congolaise, les plaines surpeuplées de la Chine ? D'autres cubes noirs avaient-ils déversé leur équipage de vampires dans d'autres coins du monde ? Ces questions avaient peu de chance d'obtenir une réponse. D'un commun accord, Kropcèk, les deux flics qui l'accompagnaient et les quatre principaux témoins de l'histoire avaient délivré une version très édulcorée de la séquence terminale en bordure de l'autoroute – évoquant des étrangers vêtus de noir et parlant un langue incompréhensible, une tentative d'enlèvement, une voiture qui avait pris la fuite...

Même Ludo, le miraculé, n'avait pu dire grand-chose. Il avait dû être surpris par un vampire alors qu'il se trouvait derrière la biscuiterie, il avait seulement senti un picotement dans la nuque et avait perdu connaissance. Il s'était réveillé... « comme dans un congelo, je vous jure ! Sauf que j'avais pas froid. Mais je pouvais pas bouger. Ce n'est que petit à petit que j'ai pu remuer les doigts, et puis les jambes. Je savais même pas où j'étais. Je n'y voyais rien, la lumière bleue était trop brillante. Ce n'est qu'à un moment donné qu'elle a baissé et que j'ai vu une porte ouverte devant moi. J'en ai profité pour me sauver, c'est tout... »

Ludo avait eu beaucoup de chance. Apparemment, les vampires l'avaient pris comme... provision de route, en quelque sorte. Mais, pour lui comme pour les autres, l'aventure fantastique perdrait peu à peu toute réalité, se résorberait dans les mémoires, simple cauchemar en visite de quelques nuits d'hiver.

Cela mettrait du temps, tout de même. Le soir,

sur le canapé-télé, Fabien fut bien heureux de se blottir contre sa mère, toujours innocente de ce qui était réellement arrivé à son fils.

« Regarde, mon chéri ! s'exclama Cristelle. Paris Première programme *Les Vampires de l'espace*. Je suis sûre que tu vas adorer ça… »

Fabien se serra davantage encore contre le flanc de sa maman. Il s'entendit répondre d'une toute petite voix :

« Non, pas ça ! Je préfère un film marrant… »

Du même auteur

La fée et le géomètre, Casterman. Réédition en 1992 chez Nathan. Prix de la science-fiction pour la jeunesse en 1982.

La nuit des bêtes, Gallimard.

Le grand combat nucléaire de Tarzan, Magnard. Réédition en 1992 chez Nathan. Prix de la science-fiction pour la jeunesse en 1982.

Le train, des galaxies, Bordas.
Le chevalier, l'autobus et la licorne, Magnard.

Il y a un bandit sous mon lit ! Syros.

La dernière pluie, Nathan.
Chères bêtes, Gallimard.

Où sont passés les éléphants ? Alfil.

Le jour du grand saut, Livre de poche

Gandahar et l'œuf du monde, Hachette.
Le parking mystérieux, Magnard.

Imprimé par Vincenzo Bona – Torino (Italie)
N° d'Éditeur : 98 / 163 – Dépôt légal : juin 1998